시조(時調)의 정체성(正體性)과
현대시조 창작법

김흥열 지음
(사단법인 한국시조협회 명예 이사장)

국학자료원

책을 내면서

우리 시조가 더욱 발전하고 인류가 공유하는 문학이 되기 위해서는 시조만이 지니고 있는 문화적 유전인자를 그대로 이어 받아 그 특성을 잘 살려 내야 아름다운 예술의 경지에 이를 수 있다. 그렇게 하자면 우리는 먼저 시조의 정체성(正體性)을 충분히 이해하고 계승하고 발전시켜야 한다.

고시조, 개화기시조의 분석을 통하여 그 정체성이 무엇인지 살펴보고 이를 분명히 인식할 때만 세계화가 가능하고 인류문화유산으로 인정받을 수 있다고 필자는 늘 생각해 왔다. 현대시조 역시 발전해야 한다. 이 과정에서 꼭 이어받아야 할 정체성은 무엇이고 또 어디까지 변화를 허용할 것인지 하는 점도 큰 연구 과제 중 하나이다.

<시조> 문학이 예술이라는 점은 분명하다. 이번에 "문학진흥법 개정"의 의미를 되새겨 보면 거기에 답이 있다. 예술은 발전하는 것이다.

<시조>는 음수만 맞추어 대충 쓰는 문학이 아니다. 고뇌가 필요한 장르이고 한류문학의 대부가 되어야 한다. 서구에서 불고 있는 <시조> 대회가 이를 입증한다.

이 같은 역사적인 사명 의식을 갖고 태어난 시조 시인들은 모두 역사의 주인공들임을 새삼 깨닫는다.

　이번 지침서는 창작에 도움이 되도록 음수이론에 준해서 실무 위주로 엮었다.

　시조를 창작하는 분들에게 조금이라도 도움이 되기를 바라는 마음이다.

2022년 1월 초

김홍열 씀

목차

제1장

시조(時調)의 정체성(Identity)

1. 시조 역사

"현대시조는 유구한 역사와 전통을 이어받아 현대적 언어감각으로 표현하는 <정형시>"라고 정의를 내리고 있다. 여러 학자들의 연구에 의하면, 조금씩 차이가 있기는 하지만, 고려 후기에 생겨나서 이조시대에 전성기를 맞이한 우리의 고유한 시(詩)라는 점에 대해서는 이론이 없다. <정형시>라 함은 자유시와는 다르게 일정한 형식을 벗어나면 안 된다는 이야기이며 외형적이건 내재적이건 간에 형식(틀)이 있는 시의 한 갈래(장르)임은 분명하다. 그렇다면 시조시인들은 이 형식을 제대로 지키고 있는가? 시조의 정체성에 대해서는 제대로 이해하고 있는가? 시조의 문화적 유전인자(meme)는 무엇인지 생각해 본적이 있는가? 이 형식을 벗어나지 않으려고 얼마나 노력했는가? 이러한 몇 가지 사항을 되물어 보지 않을 수 없다.

고시조의 외적 형식은 창을 위주로 지어진 형식이다. 즉 부르는 시조, 듣는 시조이다.

이때 정착된 정체성(正體性)이 개화기에 들어 상당한 변화를 추구하게 된다.

이는 듣는 시조에서 읽는 시조로 변하게 됨을 의미한다. 현대시조는 읽는 시조(보는 시조)에서 의미를 강조하는 쪽에 중심 추가 놓여야 된다고 본다.

시대의 변천에 따라 시조 정체성의 변화 과정을 살펴보면서 미래를 예측하는 것은 대단히 중요하다. 즉, 고시조에서 개화기시조로, 개화기시조에서 현대시조로 넘어오는 과정에서 무엇이 어떻게 변했고 미래에는 또 어떤 변화를 가져오게 될지 관심 있게 살펴볼 필요가 있다.

개화기 이전까지의 작품체계(문장 구성)를 이해하지 못하면 현대시조를 제대로 쓸 수 없다. 물론 쓰기야 하겠지만 시를 흉내 낸 이상한 작품을 두고 어떠니 저떠니하는 말은 아무런 의미가 없다고 본다. 고시조나 개화기 시조를 보면 시조 형식(외적, 내적 모두)을 어긋나게 쓴 작품은 어디에서도 찾아볼 수 없다. 서구문물의 영향을 받아 개화기 초에는 잠시 혼동을 가져오기는 했어도 곧 본래의 모습으로 돌아와 정체성을 완벽하게 유지하고 있음을 발견할 수 있다.

음수 한두 자가 이탈되는 것은 우리 언어적 구조가 그런 것이고 작품의 구성에 있어서는 전혀 장애가 되지 않는다고 본다. 외적 형식보다 더 중요한 것이 문장의 짜임새이다. 즉 초장, 중장, 종장의 독립성, 연결성, 완결성은 말할 것도 없고 특히 종장 첫 소절의 3자 구성 원리나 종장 말미의 종결어미 등은 절대 변할 수 없는 법칙이다. 그럼에도 불구하고 글자 수(음수)에만 집착하거나 자유시를 따라하거나, 또는 어떤 근거도 없이 맘대로 쓰는 것은 있을 수 없는 일이라 생각된다. 음수는 당연히 지켜야 하는 것이지만 음수가 시조 가치의 척도나 예술성을 판단하는 기준은 될 수 없다.

일부 작가들은 시조 창작이 너무 어렵다며 음수만 잘 맞춘 생활시조를 강조하기도 하나 시조는 역시 예술의 한 분야이다. 따라서 예술성을 강조하지 않을 수 없다.

현대시조 역시 변해야 한다는 주장에는 공감을 하지만 이 변하는 대상에 유전인자까지 포함시켜서는 안 된다는 생각이다. 유전인자를 이어받지 못하고 태어난 생명은 돌연변이로 전통이 될 수 없다.

한편 <시조(時調)>라는 용어의 역사적 배경에 대해서 이해하는 것도 정체성을 살리는 길임을 밝힌다. 현대 시조는 이러한 정체성을 이어받으면서 예술성 높은 작품을 생산하는데 주안점을 두어야 한다. 우리는 시조를 지으면서 종종 "시민의 언어" "시인의 언어"라는 말을 종종 한다. 이 말은 시조를 창작할 때 사용되는 시어(詩語)가 일상어로 쓰는 말과는 달라야 한다는 점을 강조하고 있는 것이다. 고시조와 개화기시조를 중심으로 문장의 구성이 어떻게 되어 있는지 살펴보며 시조의 정체성을 찾아보고자 한다.

2. 시조의 정체성(Identity)

정체성(正體性; Identity)이란 사전적 의미로 보면 어떤 존재가 본질적으로 가지고 있는 특성을 말한다. 시조의 정체성은 상당기간 유지되어 전해오는 시조문학의 특징(meme; 문화적 유전인자)을 말하는 것으로 이해 할 수 있다. 고시조는 고려 후기에 본격적으로 시작되고 이조(李朝) 초에 이르러 그 정체성이 어느 정도 정립되었다고 볼 수 있다. 오늘과 같은 완전한 시조의 정체성은 개화기에 이르러 완성되었다고 본다.

이 정체성을 논하려면 시조 본질에 대한 전통과 역사를 함께 이해해야 한다. 다 아는 바이지만 사전에서 밝히고 있는 전통, 전통문화, 역사의 의미를 다시 한번 되짚어보기로 한다.「전통(傳統)」이란 어떤 집단이나 공동체에서 과거로부터 이어 내려오는 바람직한 사상이나 관습, 행동 따위가 계통을 이루어 현재까지 전해진 것이며「역사(歷史)」는 인류 사회의 발전과 관련된 의미 있는 과거 사실들에 대한 인식 또는 과거에 어떤 일이 존재했던 과정의 사실적 현상이고「전통문화(傳統文化)」란 그 민족만이 가지고 있는 고유한 문화라고 정의하고 있다. 이런 관점에서 본다면 시조는 역사적으로 분명히 존재했던 사실이고 문학의 한 갈래가 되어 형식과 문장의 구성법이 특정한 계통을 이루어 지금까지 전해오고 있는 고유한 전통문화이며 문학으로 특정 지을 때 그 문화적 유전인자는 역사와 분리될 수 없는 정체성을 가지고 있어 시문학으로서의 가치 역시 충분하고 앞으로도 계속 이어져야 할 민족문화이다.

우리 시조는 태동기라 할 수 있는 고려 후기(麗末)에 음악과 한 몸으로 출발하긴 했어도 현재에 이르기까지 그 장구한 세월을 거쳐 시조시인들에 의해 습득되고 공유되어 왔으며 미래에도 계속 전달될 것이다. 근자에 와서 시조문학을 더욱 발전시켜 세계화 할 필요성이 대두되었는데 그것은 바로 시조문학 가치의 재발견과 유네스코 인류무형문화재 등재를 향한 한류문화의 거센 바람 때문이라 하겠다. 따라서 우리는 시조문학에 대한 인식을 새롭게 하고 세계화를 지향하는 꿈을 가져야 한다. 우리는 종종 <한국적>이라는 표현을 하는데, 이때 <한국적>이라는 말은 우리민족만이 향유하고 있는 아름다운 전통문화를 말하는 것으로 이해된다. 유네스코에 등재된 우리의 무형문화재가 많다는 것은 한민족의 정신적 유산이 절대 우위에 있다는 사실을 입증하는 것이라고 본다.

정체성이라는 것은 나와 너를 구분 짓는 데서 생겨난 독창성이라 말할 수 있다. 즉 문학에 있어 소설과 시는 분명한 경계가 있다. 음악적 요소를 지니고 있는 시(詩)나 시조(時調)는 비슷한 것 같지만 여기에도 또한 분명한 경계선이 존재한다.

시조는 상당기간 창(唱)으로 불리어 오긴 했어도 그 가사의 구성법이 일반 음악의 가사와는 다르게 일정한 형식이라는 틀 안에서 창작 되어 왔음은 공인된 사실이다.

이제 우리는 고시조의 정체성을 분명하게 이해하므로 써 현재의 시조문학이 미래를 향하여 어떤 모습으로 합리적 발전을 해 갈 것인지 예측하고 이를 바탕으로 시조 세계화는 가능한지 그 여부를 따지는 바로미터(barometer)로 삼아야 할 것이다.

　(사)한국시조협회에서는 <시조의 명칭과 형식통일안>이라는 논제
(論題) 하에 1년여의 연구와 토론을 거쳐 2016년 11월 국회 도서관에서
공청회와 선포식을 가진 바 있다. 이는 수많은 시조 단체 중에서 시조
역사 이래 처음으로 발표한 사전적이고 원론적인 정체성을 찾아내고
이를 공식적으로 제정 공표한 것이라고 말 할 수 있다. 시와 시조에는
분명히 경계선이 존재하는데, 시조가 이 경계선을 별 생각 없이 넘어가
면 시조이기를 포기한 것이다. 즉 시조가 아니고 자유시가 된다는 말이
된다. 현대 시조(時調)는 고시조로 부터 meme을 물려받은 전통시문학
이므로 그 생김새가 서구문학에서 들어 온 자유시와는 명확히 구분된다.
　필자는 고려대학교에서 발간한 『고시조대전』에 수록된 작품 4
천5백 여수의 분석을 통하여 형식과 음절수, 문장 성분의 배치 등 공통

점을 찾아내고, 이를 근거로 고시조의 정체성을 규명(糾明)하고자 시도한 바가 있다. 이는 시조를 바르게 알고 그 정통(正統)을 선명하게 유지하여 세계화의 꿈을 실현하는데 목적을 두고 있었다.

고시조는 <시형(詩形)>이라는 외형적 틀과 <문장 구성법(어법)>이라는 구속력(拘束力)을 벗어난 작품이 거의 없다. 이러한 모습들은 오랜 세월을 거쳐 전통이 되고 하나의 독특한 시형으로 내려와 정체성이 되었을 것이다.

조사한 바로는 고시조의 정체성(문화적 유전인자)은 대체적으로 다음과 같다.

고시조는 ①3장 6구 12소절이라는 외형적 틀을 유지하고 있다. ②소절(小節), 구(句), 장(章)은 의미구조로 짜여 있다. ③각 구의 말미(末尾)는 조사(助詞)나 연결어미(連結語尾)로 연결되어 있다. ④각 소절의 음수는 ±1의 여유를 두고 있다. ⑤각 구(句)의 뒤 소절을 관형어로 하지 않았다. ⑥종장 첫 소절은 독립어로 된 3자 불변의 원칙을 고수한다. ⑦종장 후구 말미(末尾)는 반드시 종결어미(終結語尾)로 마감을 하고 있다. ⑧종장에서 화자의 결의나 사상을 나타내는 반전의 기회를 살리고 있다. ⑨초장과 중장은 순진법(順進法)으로, 종장은 역진법(易進法)으로 되어 있다. ⑩글 전체를 통하여 주체는 언제나 하나로 일관성을 유지하고 있다. ⑪행갈이(詩行)는 우(右)에서 좌(左)로 한 줄 내려쓰기를 하였다 (세로쓰기). ⑫제목이 없다. ⑬띄어쓰기를 하지 않았다.

시조 이론은 큰 틀에서 보면 학자의 견해에 따라 음수(음절) 이론과 음보(foot) 이론으로 양분할 수 있다.

음수 이론은 음수의 배열을 중심으로 하여 글자 수를 기준으로 창작하는 이론이고 음보 이론은 음의 길이 즉 등장성(等長性)을 중심으로 하는 이론이다. 여기서는 음보 이론에 대해서는 논하지 않고 음수 이론에 기초하여 정체성을 살펴보고자 한다.

일반적 음수이론은 시조의 음수 배열이 초장 3.4.3.4, 중장 3.4.3.4, 종장 3.5.4.3처럼 이해하고 있으나 필자의 음수 분석과는 약간의 차이가 있다. 고시조 4,500여수 가운데 이 형식을 지키고 있는 작품은 100수가 채 안 된다. 절대 다수의 작품이 이와는 다른데 소수의 음수를 근거로 외적 형식의 기준음수를 정하는 것은 설득력이 없다. 고시조 예문을 하나 보면서 이해를 돕고자 한다.

  (3.4.3.4) 오백년 도읍지를 필마로 돌아드니
  (3.4.3.4) 산천은 의구한데 인걸은 간데없네.
  (3.5.4.3) 어즈버 태평연월이 꿈이런가 하노라

                                          － 길재

여타 작품들은 대개 ±1의 음수를 택하고 있다. 필자가 조사한 바로는 3.4.4.4/3.4.4.4/3.6.4.3의 음수가 절대 다수를 이루고 있다.

고시조는 애당초 초장, 중장, 종장의 개념이 없고 음악적 요소만을 고려하여 창작하였다. 즉, 창(음악)으로 부르기 좋도록 편의상 5장(章)으로 분류하긴 했으나 이는 요즘 우리가 알고 있는 문학적 요소로서의 3장(章) 개념은 아니다.

1. 3장 6구 12소절에 대하여

앞서도 말했지만 고시조에서는 이런 개념이 없이 한줄 종서(세로쓰기)로 했다. 개화기에 접어들어 장과 구의 개념이 확립되었고 소절이란 용어대신 학자들의 견해에 따라 음보, 마디, 절 등 다양하게 사용되어 왔다. 이 소절이란 개념은 (사)한국시조협회에서 <시조명칭과 형식 통일안>을 만들면서 생겨난 신개념이다.

요즘 모든 시조가 삼행(三行: 초장, 중장, 종장)로 쓰고 있는 것은 개화기 이후에 생겨난 시조 형식이다. 지금까지는 외형상 나타난 음수를 가지고 정형이냐 아니냐를 가렸다면 이보다 더 중요한 것이 의미상 문장 구조(문장의 짜임새)이다. 즉 음수의 배열뿐 아니라 의미구조(문장성분)까지 포함하여 정형성 여부를 판단해야 한다고 본다.

위 예문 초장 "오백년 도읍지를/ 필마로 돌아드니"를 보면 사선(/)의 좌우가 각각 작은 의미 단위로 짜여 있음을 알 수 있다. 하나의 구(전구, 후구)는 두 개의 소절로 만들어져 있다. 이 때 중요한 것이 문장의 연결성이다. 전구'오백년 도읍지를'은 목적어 구, 후구 '필마로 돌아드니'는 술어구이지만 술어 '돌아들다'를 어미변화를 시켜 '돌아드니'로 하여 다음의 중장과 연결고리를 유지하고 있다. 이것이 연결성이다. 중장과 종장도 마찬가지이다. 그러므로 평시조(단시조) 한 편은 장이 셋, 구가 여섯, 소절이 열둘이 된다(3장 6구 12소절).

1) 초장 만들기

흔히 말하기를 초장은 시의(詩意)이끌어 내는 말로 시작 한다고 말한다. 초심자는 어떤 방식으로 시의를 이끌어 내는지 이 말을 이해하기 어렵다. 초장을 잘 만드는 일은 단시조 한 수의 성패를 좌우하는 요인이 된다. 단정(端正)한 시조 한편을 창작해 내는 첫 단초(端初)가 되기 때문이다.

초장에서 시의를 이끌어 내는 방법은 두 가지가 있다. 첫째는 중장의 전제 조건으로 초장을 만드는 경우이고, 둘째는 대상의 상황전개를 초장과 중장에 순차적으로 나열하는 경우이다.

첫째 초장은 중장을 만들기 위한 전제조건(前提條件)이 되어야 한다.
단심가를 보면 "이 몸이 죽고 죽어 일백 번 고쳐죽어/ 백골이 진토 되어 넋이라도 있건 없건"처럼 초장이 짜져 있다. '백골이 진토 되는 전제조건은 먼저 '죽는 일이 발생'하는 일이다. 고시조는 대개 이런 전제하에서 초장이 만들어 지고 있다고 보면 된다. 다른 예를 들어보면 배가 고프면 먹어야 한다. 그러므로 '배를 채우는'전제조건은 먼저 '먹는 일'이 된다.

①
방 안에 혓는 촛불 눌과 이별 하였관대
눈물 흘리며 속 타는 줄 모르는고
우리도 저 촉불 같아야 속 타는 줄 몰라라

―이개

②
이 몸이 죽어가서 무엇이 될꼬하니
봉래산 제일봉에 낙락장송 되었다가
백설이 만건곤할 제 독야 청청 하리라

— 성삼문

　이 예문에서도 초장은 중장의 전제조건으로 짜여 있다. 화자의 입장
에서 보면 ①은 눈물을 흘리며 속을 태우려면 먼저 이별을 해야 하고
②는 자신이 낙락장송이 되려면 먼저 죽어야 한다는 전제가 깔려 있다.

　둘째는 순차적 상황전개 방법이다.
　어떤 사물이나 현상을 전개된 순서에 따라 먼저 일어난 상황을 초장
에, 다음에 일어난 상황을 중장에 쓰는 방법이다.
　길재의 작품은 초장과 중장이 시간적으로 볼 때 순차적인 상황전개
로 짜져 있다.
　"오백년 도읍지를 필마를 타고 돌아보니"가 먼저 벌어진 상황이고
가서 보니까 "산천은 의구한데 인걸은 간데없음"을 알게 된 것이다. '필
마를 타고 갔더니' 인걸이 '간데없다'는 상황의 순차적 전개이다. 여기
서는 전제 조건이 되지 못한다. 왜냐하면 필마가 아닌 다른 것을 타고
가면 인걸은 그대로 있다는 말이 성립될 수도 있기 때문이다. 길을 가
다가 활짝 핀 목련을 보았다고 가정하면 목련이 핀 것을 보게 된 일
은 '길을 가다가'라는 우연히 만나게 된 자연스런 현상이지, 목련을 피
우기 위해 길을 간 것은 아니다. 이때는 전제 조건이라기보다는 목련이

핀 것을 보게 된 경위를 시간적 순서에 따라 끌어내고 있다고 보면 된
다. 현대시조에서 많은 이가 쓰고 있는 방법 중 하나이다. 고시조의 피
(血; 문화적 유전인자)가 현대시조에도 그대로 흐르고 있어야 전통이
되고 정체성이 된다.

①
오백년 도읍지를 필마로 도라 드니
산천은 의구한데 인걸은 간데없네
어즈버 태평연월이 꿈이런가 하노라

—길재

②
묏버들 가려 꺾어 보내노라 임의 손대
자시는 창밖에 심어두고 보소서
밤비에 새잎 곧 나거든 나인가도 여기소서

—홍랑

이 두 예문에서 초장은 사물의 현상(상황), 또는 자신의 심경을 있는
그대로 표현하면서 중장을 끌어내고 있다. 중장의 전제조건으로 초장
이 만들어진 것이 아니다. 길재의 작품은 상황전개 순서대로이다. '돌
아드니'가 먼저 벌어진 일이고 '간데없다' 나중에 벌어진 일이다. 홍랑
의 작품도 마찬가지이다. '꺾어 보낸 묏버들이' 먼저 일어난 일이고 '창
밖에 심어두고 보소서'는 나중에 일어날 일이다. 화자 홍랑의 마음은
반드시 주무시는 창밖에 심어두고 보라는 이야기일 뿐이다. 중장 앞에
(그러니)를 넣고 읽어보면 사건이 발생하는 순서대로 쓴 것일 뿐이다.

초장이 중장의 전제조건일 때는 중장 앞에 (그래서)라는 접속어를, 시간상 일어난 순서나 대립된 관계일 때는 중장 앞에 (그런데)나 (그리니)라는 접속어를 넣고 읽어보면 문맥이 잘 통하게 된다. 장의 연결성을 진단하는 방법 중 하나가 되기도 한다.

　　　　방안에 혓는 촉불 눌과 이별 하였관대
　　(그래서) 눈물 흘리며 속타는 줄 모르는고

　　　　오백년 도읍지를 필마로 도라 드니
　　(그런데) 산천은 의구한데 인걸은 간데없네

　　　　묏버들 가려 꺾어 보내노라 임의 손대
　　(그러니) 자시는 창밖에 심어두고 보소서

고시조 초장의 문장 구조는 대부분이 위의 두 구조 중 하나이다. 예외적인 사례를 보면 김상헌의 작품을 들 수 있다. 전제조건도, 순차적 상황전개도 아니다.

　　　　가노라 삼각산아 다시보자 한강수야
　　　　고국 산천을 떠나고자 하랴마는
　　　　시절이 하 분분하니 올동말동 하여라

　　　　　　　　　　　　　　　　　　　　　－김상헌

"하여가" 등 몇몇 작품이 예외적이라 할 수 있다.

2) 중장 만들기

중장은 초장의 의미를 ①확장시키거나 ②보완(보충)하는 관계에 놓여 있다.

첫째는 초장을 확장한 예이다.

> 방안에 혓는 촛불 눌과 이별 하였관대
> 눈물 흘리면서 속 타는 줄 모르는고
> 우리도 저 촉불 같아야 속타는 줄 몰라라
>
> —이개

초장을 확장하여 중장을 만들고 있다. 그냥 이별이 아니라 속이 타는 이별이다. 중장이 더욱 강한 심리적 상태로 상황을 확장시키고 있다.

둘째는 보완하거나 보충 설명하는 관계이다.

> 동짓달 기나긴 밤 한 허리를 버혀내어
> 춘풍 이불아래 서리서리 넣었다가
> 어른 님 오신날 밤이어든 굽이굽이 펴리라.
>
> —황진이

이 예문에서 중장은 초장을 보완 설명하고 있다. 춘풍 이불아래 서리서리 넣을 수 있는 것은 꼭 동짓달 한허리만이 아니다. 초장에서 베어온 한허리를 어떻게 할 것인지 보충 설명하는 조(調)로 중장을 만들고 있다.

3) 종장 만들기

　종장은 화자의 각오나 결의가 응축된 함축적 표현이다. 첫 소절 3자는 독립적 어휘로 해야 하며 둘째 소절은 가능하면 형용사구를 사용치 않고 종장 후구 말미는 반드시 종결어미로 마감을 한 닫힌 시조가 되어야 한다. 이 종장은 시조 한편의 생명력을 좌우하는 결정적 요인이 된다. 세계 어느 나라 시(詩)에서도 찾아 볼 수 없는 특징이며 매력이다. 이 종장 한 줄 때문에 시조 창작욕구가 멈추지 않는지도 모른다.

　구체적 설명은 의미구조(문장 짜임새)에서 설명하기로 한다.

　종장 첫 소절 3자의 독립성을 훼손한 예를 보면 다음과 같은 것들이다.

　어느 작품 종장을 보니 '나는 또 냇가에 앉아 옛 추억을 더듬는다.'라고 되어 있었는데, 종장에서 첫 소절 '**나는 또**'라는 어휘가 독립적인지 살펴볼 필요가 있다.

　이 경우 '또'는 '앉아'를 수식하는 부사어이므로 이 때 사용된 첫 소절 3자는 비독립적이다.

　'예쁘디 예쁜 꽃밭에 호랑나비 앉아 있다.', '보이지 않는 공부가 제일 어렵다.', '아, 차마 보내려 하니 이 가슴이 찢어진다.'와 같은 첫 소절 3자 역시 비독립적이다. 그러므로 종장 첫 소절 3자는 글자 수만 볼 것이 아니라 의미가 생성되는 단위까지 생각하여 만들어야 된다.

　또한 종장은 반드시 닫힌 마감을 하여야 한다.*

-----

* 3. 초장, 중장, 종장의 전개과정에서 자세히 설명.

2. 소절(小節), 구(句), 장(章)의 의미구조

1) 소절(小節)

소절은 가장 작은 단위의 의미 발생 시점이다. 조사나 연결어미가 붙어 있는 말마디이다. 이 말마디는 "자립성(自立性)과 분리성(分離性)을 가진 말의 최소 단위로 의존 명사나 보조 용언과 같은 준자립어(準自立語)와 형식 형태소인 조사(助詞)가 붙은 말이 된다. 예를 들어, '눈보라가 몰아치는 언덕에서'를 보면 '눈보라', '가', '몰아치다', '는', '언덕', '에서'는 각각 낱말에 해당되고 '눈보라가', '몰아치는', 언덕에서'는 말마디가 된다. 이 말마디를 소절이라 한다. 이 소절은 체언에는 조사가 붙어서, 용언은 어미를 활용시켜서 만들게 된다.

<시조>에서 소절의 역할은 대낮이 되기 위해 막 솟아오르는 아침 해(태양)의 모습과 같다.

음수 이론에서 소절을 만들 때 특히 조의해야 할 점은 다음과 같은 말이다.

① 하나의 낱말은 소절로 나누어 쓸 수 없다.
　◎ "붉은머리⌒오목눈이" → 하나의 명사(새 이름)로 나눌 수 없는 하나의 소절임.

② 의미상 앞 말 또는 뒤 말에 붙는 말도 나눌 수 없다.
　◎ "아, 차마/보내려 하니" → 아,/차마 보내려 하니

◎ '~ 지+부정어'까지는 하나의 관용구처럼 붙어 다닌다.

　"보이지 않는/ 공부가 제일 힘든 공부다"

◎ '－도 －도', '－와(과)', '－디－', '－고 －'

　"임금도 백성도 함께 좋은 나라 만들자" '~도~도'는 둘 다 대

　등한 주체임

　"토끼와 거북이 둘이 경주하는 모습 같다" '~와(과)~와(과)'

　역시 대등한 주체

　"예쁘디예쁜 꽃밭에 호랑나비 앉아 있다" '－디'는 반복되는

　관용구

　"하얗고 빨간 들꽃이 실바람에 살랑인다." '－고'는 앞 뒤 말이

　대등한 관계

③ 명사의 나열

◎ "봄 여름 가을 겨울이/ 한꺼번에 지나갔다." "봄~겨울이"까지

　가 한 소절이다.

④ "－없는, －같은"처럼 앞말에 붙여 읽어야 의미가 확실해지는 경우

◎ "꽃송이 같은 낙엽이 나풀나풀 떨어진다." "꽃송이 같은" 까지

　가 한 소절

　"매듭 풀던 손가락" "매듭 풀던"까지가 한 소절

⑤ 기타 앞 말에 붙여 읽느냐, 아니냐에 따라 소절이 달라진다.(밑줄 부

　분이 한 소절)

* 노래**를** 하고 싶어라(3.5)　　　　**노래를 하고** 싶어라(5.3)

* 다리가 되면 무엇하나(3.6)　　　　**다리가 되면** 무엇하나(5.4)

* 마당 한 가운데 앉아(3.5)　　　　마당 **한가운데 앉아**(2.6)

* 남 생각 할 겨를도 없이	**남 생각할** 겨를도 없이(4.5)
* 이불 푹 뒤집어 쓰고	이불 **푹 뒤집어 쓰고**(2.6)
* 온 몸 다 내어주고도	온 몸 **다 내어 주고도**(2.6)
* 마음뿐 아닌 발길마다	**마음뿐 아닌** 발길마다(5.4)
* 가늠키 힘든 수심이	**가늠키 힘든** 수심이(5.3)
* 있어야 할 재물 복이	**있어야 할** 재물 복이(4.4)
* 감당도 못할 무게를	**감당도 못할** 무게를(5.3)
* 못 들은 척해도/ 미륵의 발자국소리	
	못 들은 척해도/미륵의 발자국소리(6.8)
* 꼿꼿이 /서서 나는(3.4)	**꼿꼿이 서서**/나는(5.2)
* 망설임/ 끝에 잠시(3.4)	**망설임 끝에**/ 잠시(5.2)
* 왼손도/ 몰래 오른 손이(3.6)	**왼손도 몰래**/오른 손이(5.4)
* 견디어/낸다고 하는 게(3.6)	**견디어 낸다고**/하는 게(6.3)
* 잘 뛰고/ 나서 쉬어야지(3.6)	**잘 뛰고 나서**/쉬어야지(5.4)
* 추운가/보다 양지쪽 강아지(3.8)	**추운가보다**/양지쪽 강아지(5.6)

흑우(黑牛)/***

업장을 짊어지고 뚜벅뚜벅 걷는 날들
가끔 토하는 목청 얼음처럼 차갑지만
순하디, 순한 눈망울 푸른 하늘 가득하다.

위 예문에서 종장 '순하디, 순한'은 분리 할 수 없는 말을 강제 분할한
것이다. "―디"는 용언의 어간을 반복하여 그 뜻을 강조하는 연결 어미
이다. 쉼표를 찍어 강제 분할 한 것으로 보인다.

2) 구(句)

구(句)는 작은 소절(말마디) 둘이 만나 손을 잡는 현상이 구(句)이다. 전구의 모습은 작품의 나갈 방향을 가리키는 바로미터가 된다. 후구는 전구와 마찬가지로 두 개의 소절이 모여 만들어지는 의미 단위이지만 전구 후구 둘이 모여 완전한 작은 의미 단위를 이루게 된다. 즉 떠 오른 태양의 둥근 모습이다. '오백년 도읍지를/ 필마로 돌아드니'는 전구 후구 모두 작은 의미를 만들어 내게 된다. 여기서 혼동하기 쉬운 것이 명사의 나열이다. 예문을 본다.

기상이변/***

떡갈나무 추시계는 /복제된 시간을 끌고
봄.여름.가을.겨울./강.산.마을.도시를 지나
세속의 무대에 올라/ 악보 없는 연주를 한다.

초장과 종장은 구의 형태를 갖추었다. 하지만 중장은 구가 성립되지 못한다. '봄'에서부터 '도시를'까지가 전구가 되고 후구는 '지나' 하나뿐이다. 이렇게 보면 이 중장의 전구 앞 소절의 음수는 14가 되고 후 소절은 2가 되어 결과적으로 전구만 있고 후구가 없는 결과를 초래한다. 종장 첫 소절 역시 3자로 보기 어렵다. '세속의'는 '무대'를 수식하는 말로 '세속의 무대에'까지 합쳐져야 그 의미가 선명(鮮明)해 진다.

구와 구 사이에서 관형격 조사 "－의"사용을 피한다.

각 장에서 즉, ... /... 의//.../ ...의//

예문

홀로 깬/새벽잠의//뒤끝이 뜨악하다. (새벽잠의 뒤끝이)까지가 의
미상 한 소절. → 홀로 깬/ 새벽잠의 뒤끝이/뜨악하다. (3 소절로 바뀜)

그러나 일반 관형어는 기능하다고 본다.

예를 들면 '천 갈래로 뻗어오는/그 속을 누가 알까.'에서 전구(천 갈래
로 뻗어오는) 전체가 후구의 '그 속'을 꾸며주고 있으므로 통일안에서
는 이를 허용한다.

그러나 장의 후구 말미에서는 허용되지 않는다.

3) 장(章)

장(章)은 문장 구조상 완전한 의미 단위가 된다. 즉 하나의 의미를 충
분히 지니고 있는 문장이 만들어지게 된다. 장은 독립성, 연결성, 완결
성을 지녀야 한다.

독립성(獨立性)이라는 개념은 문장이 독립된다는 의미가 아니라 의
미상 완결을 나타내는 소단위의 외형상 자립성을 말하는 것이다. 중장
도 종장도 같은 이치로 만들어진다. 다만 초장 중장 종장은 상호 연결
성을 유지하고 있어야 한다. 이처럼 초장 중장 후구 말미가 조사나 연
결어미 등으로 다음 문장과 연결고리를 유지하고 있어야 하는 데 이를
장(章)의 **연결성(連結性)**이라 한다.

장(章)의 **완결성(完結性)**이란 무엇인가?

위 예문 초장 '필마로 돌아든다.' 중장 '인걸은 간데없다.' 종장 '꿈이런가 하노라.'등은 하나의 문장으로서 완전한 의미를 지니게 된다. 이를 장(章)의 완결성(完結性)이라 한다. 완결성은 대개 종장만을 가지고 논하기 쉽지만 여기서 말하는 완결성은 초장, 중장, 종장에 모두 해당되는 말이다.

단시조 연시조를 불문하고 시조는 이처럼 장의 독립성. 연결성. 완결성을 유지해야만 한다. 특히 연결성이 결여되면 별개의 문장이 된다.

연시조의 수(首)와 수(首) 사이의 연관성과는 무관한 말임을 밝혀둔다.

연결성을 자가 진단하는 법은 중장이나 종장 앞부분에 (그리고, 그래서, 그런데, 왜냐하면) 같은 접속어를 넣어보고 의미가 잘 통하면 연결성을 유지했다고 볼 수 있다.

예문을 본다.

①
　　　　오백년 도읍지를 필마로 돌아드니
(그런데) 산천은 의구한데 인걸은 간데없네.
(그래서) 어즈버 태평연월이 꿈이런가 하노라

② 바위/김광수
　　　　고독마저 황홀하게 사르는 석양빛을
(어떻게) 늘 시린 가슴에다 모닥불로 지펴놓고
(그래서) 무상을 휘감고 앉아 그 아픔을 삭인다.

그러면 다음 예문은 각 장이 모두 종결어미로 마감되어 별개의 문장처럼 보이는데 연결성은 어떻게 보아야 할 것인가?

"동창이 밝았느냐 노고지리 우지진다/소 칠 아이는 여태 아니 일었느냐/재 넘어 사래 긴 밭을 언제 갈려 하나니//"

이 작품은 3장이 모두 술어로 마감은 되고 있으나 의미상으로 각장은 연관성을 유지하고 있다. 연관성을 유지 한다는 것은 의미상으로 상호 연결성이 있다는 말이 된다.

대개 이런 경우는 "그래서, 그런데, 왜냐하면" 같은 접속어를 넣고 읽어보면 문장의 연결성이 있는지 없는지 파악할 수 있다. 또 다른 진단 방법의 하나는 각장의 후구만 떼어 내어 읽어보는 방법이다. 예문 "바위"에서 초장 후구 '사르는 석양빛을' 중장 후구 '모닥불로 지펴놓고'와 종장 후구 '아픔을 삭인다.'만 읽어보면 "사르는 석양빛을 모닥불로 지펴놓고 아픔을 삭인다."처럼 하나의 문장이 되고 문맥이 통하게 된다.

열거한 두 가지 방법 중 어느 하나라도 잘 통하면 주체의 일관성과 장의 연결성에는 문제가 없는 작품이 된다.

초장 중장 후구 말미를 관형어로 마감 했을 때 소절이 변하게 되어 정형을 벗어난다.

현대시조의 예를 들어 비교해 본다.

초장: 더 얻을 수 있고 뭣이든 이룰 것 같은 　(1.5.3.5)
중장: 허공에 피어오르던 터질 듯한 뭉게구름

우선 예문 초장은 음수가 상당히 멀어져 있다.

둘째 초장 후구말미가 '—같은'으로 되어 있는데 이는 중장 말미의 '뭉게구름'을 수식하는 말이고 중장 앞부분 역시 '뭉게구름'을 수식하는 말이므로 그 의미로 보면 독립성을 상실한 한 문장이다. 이 작품은 엄격히 말하면 하나의 장이다. 자유시를 시조형식을 빌려 쓴 것으로 시조의 정체성을 유지한 작품으로 보기는 어렵다.

다음의 예문은 완결성을 상실한 예문이다.

① 쉴낙원/(첫 수)

출근길엔 안 보이고 퇴근길에 보이는
가로수에 반쯤 가려 여차하면 숨어버리는
갓길로 천천히 가야 희뜩희뜩 보이는

이작품은 장의 독립성과 완결성이 결여된 형태이다. 후구에 오는 관형어 다음에 '쉴낙원'이라는 주제를 연관시켜보면 '보이는 쉴낙원, 숨어버리는 쉴낙원, 희뜩희뜩 보이는 쉴낙원'으로 하나의 문장이 되거나 장의 독립성이 결여된 별개의 문장이 된다. 초, 중, 종장을 구분하기 어려울 뿐 아니라 화자의 메시지가 무엇인지 전달 받기 어렵고 자유시와 구분하기도 어렵다. '쉴낙원'은 '실낙원'을 연상시키는 합성어로 희언법 작품이다.

다음 예문은 연결성이 결여된 예이다.

① 사물놀이/***

계곡의 물소리
    고구려의 발발굽 소리

한올 두드리는
    여인네의 다듬이 소리

저문 날 종종걸음
    재촉하는 귀갓길

이 작품은 시조로 보기 어렵다. 장의 연결성뿐 아니라 종장 둘째 소절의 음수가 4자로 되어 있어 종장의 정체성을 어기고 있으며 화자의 각오나 결의도 발견하기 어렵다.

임종찬 교수는 「정형시조로서의 시조 짓기」라는 글에서 고시조 각 장의 구성 원리를 다음과 같이 말하고 있다.

"시조의 각 장은 의미상 두 토막으로 분절 된다. 즉 장(章) 하나는 두 개의 의미단위로 나누어지고 하나의 의미단위는 다음과 같이 두 개의 소절로 이루어진다."

① 주어구 + 서술어구
② 전절 + 후절
③ 위치어 + 문(文)
④ 목적어구 + 서술어구

예문

　① 선인교 나린 물이/ 자하동에 흘러들어

　① 반천년 왕업이/ 물소리 뿐이로다

　④ 아희야 고국흥망을/ 일러 무삼 하리오

－정도전

　② 강호에 봄이 드니/미친흥이 절로 난다

　③ 탁료 계변에/ 금린어 안주로다

　① 이 몸이 한가하옴도/ 역군은 이샷다

－맹사성

　③ 대추볼 붉은 골에/밤은 어니 뜯드르며

　③ 베 빈 구르헤/ 게는 어이 나리는고

　② 술 익자 체장사 도라가니/ 아니 먹고 어이리

－황희

　　* 작품의 번호는 4개의 형태 중 어느 하나에 속한다는 표시임.

초장이나 중장 후구 말미에 관형어 사용을 피한다.

　① 관형격 조사 "－의" 사용 시

　　"달팽이의/ 노란 등짐//혹은 작은 자벌레의"

　　(자벌레의 + 종장에 처음 나오는 체언(명사)까지가 의미상 한 소절.)

　② 관형어 사용 시

　　"출근길엔 안 보이고 퇴근길에 보이는"

(이 경우에도 장 후구말미 관형어 '보이는'은 다음 장에 오는 첫 번 째 나오는 체언과 합쳐져야 의미가 분명해 지는데 이렇게 되면 장의 독립성이 훼손되고 음수, 소절 모두를 어긋나게 만든다. 이 관형어는 'ㅡㄴ'만 아니라 'ㅡㄹ'도 포함 된다.)

예: '퇴근길에 보이는,', '퇴근길에 볼'

3. 초장, 중장, 종장의 전개과정

시조의 3장은 초장에서는 시의(詩意)를 이끌어 내고 중장에서는 초장의 의미를 확장 또는 보완하며 종장에서는 결의 (결론)를 나타내는 구조로 문장이 짜여야 한다는 것은 시조시인이면 누구나 아는 사실이다.

예를 들면 동해바다에 해가 솟아오르는 모습이 초장이 되고 솟아 오른 뒤 온 세상이 환해지는 모습이 중장이 되며 그 결과 세상만물이 생명을 얻어 활기찬 삶을 영위하는 모습이 종장이 된다. 이때 주체는 "해"가 된다. 종장까지 해가 하는 역할이다.

이런 일관된 관계를 유지하려면 상호 연관성, 인과성 또는 전제조건을 필요로 하게 된다.

예문: 이 몸이 죽고 죽어 일백 번 고쳐 죽어
　　　백골이 진토 되어 넋이라도 있건 없건
　　　임 향한 일편단심이야 가실 줄이 있으랴.

이 예문에서 중장이 이루어지기 위한 전제 조건은 '죽는 일'이 된다.

죽어야 진토 될 테니까. 그래서 그 결과로 얻어지는 결론(화자의 각오)은 임금을 섬기는 변치 않는 맘이 된다. 현대시조라 하여 다를 게 없다.

이 때 주체를 확실히 하지 않으면 중장이나 종장에 가서 초장과 다른 이야기가 나오게 된다.

아래 예문을 보면 좀 더 쉽게 이해 할 수 있다.

예문을 본다.

① 간이역/***

알몸의 나무들 살찐 근육 통통하다
비어버린 대합실 메아리가 목을 빼고
벌판의 육자배기와 창문을/ 두드린다.

위 예문에서 3장이 모두 별개의 문장이다. 초장의 전제 또는 확장. 보충으로 중장이 만들어지고 초장, 중장의 결론으로 종장이 나와야 하는데 상호 연관성이 없을 뿐 아니라 종장은 소절, 구, 장의 의미를 충분히 살려내지 못한 상태이다. 종장 첫 소절은 '벌판의' 부터 '창문을' 까지가 되므로 첫 소절은 3자가 아니라 11자가 되고 소절수는 2개이며 구와 장은 통일안에서 요구하고 있는 조건을 상실하고 있다.

문장의 짜임새를 보면 '살찐 근육'이 통통해서 메아리가 '목을 빼고' 기다리는 것은 아니며 더구나 종장에 가서 초장과 중장의 전제로 '창문'을 두드리는 것은 더더욱 아니다. 따라서 이 예문은 각 장의 관계가 성립되지 못하므로 별개의 문장으로 보아야 한다. '간이역'이라는 주제를 넣어 봐도 역시 주체적 역할을 하지 못하고 있다. 왜일까?

'간이역에서'보고 느낀 모습만을 썼기 때문이다. "간이역에서"라고 제목을 달고 '메아리'를 주체로 하려면 문장 구조를 다시 짜야 한다.

다음 예문을 들어 이해를 돕는다.

화분/***

탁자 위 화분에는 예쁜 꽃이 화려해도
방문이 닫혀 있어 벌 나비는 오지 않고
한 폭의 그림인 듯이 흔들림이 전혀 없다.

이와 같이 형상화한 작품을 3장의 전개 과정과 종장처리 결과를 열린 시조와 닫힌 시조로 나누어 보고자 한다.

중장 "벌 나비가 오지 않는 것은 꽃이 화려해서"가 아니다. 즉 초장은 중장의 전제 조건이 되지 못한다. 전제 조건이 되려면 "탁자에 놓인 꽃이 눈부시게 아름다워/방문을 닫았어도 벌 나비가 찾아 왔네.//"처럼 하면 초장은 중장의 전제 조건이 된다.

중장, 벌 나비가 찾아오려면 꽃이 화려해야 된다는 전제가 있다.

그러면 종장을 어떻게 마감해야 하는가? "그 한 몸 갇혀 있어도 진한 향은 못 막는다."처럼 하면 닫힌 시조가 된다. 덕(德)을 베풀면 그 인품에 끌려 '사람들이 모여든다.'는 비유적 표현으로 화자가 하고 싶은 말(思考)이 들어 있게 된다.

이 문장을 전제조건이 아닌 시간적 상황을 나열하는 식으로 해보면

"꽃 화분이 너무 예뻐 탁자위에 올려두고/ 방문을 닫았더니 벌 나비가 오지 않네.//

이처럼 하면 상황이 전개된 순서대로 초장과 중장을 이끌어 낸 것이 된다.

하지만 종장은 닫힌 마감을 해야 한다.

"방안에 홀로 피어서 외로움을 더한다." 이렇게 마감을 하면 '덕을 베풀지 못해 따르는 사람이 없다.'는 의미지만 실제 화자가 주장하는 것은 '그러니 베풀고 살라'는 교훈적 메시지가 들어 있게 된다. 이처럼 초장과 중장이 상황전개순서라 할지라도 종장은 닫아야 맛이 난다.

종장을 열어놓은 상태는 어떤 것일까?

"온종일 방안에 갇혀 답답하게 살고 있네."라고 했다면 이는 열린 시조가 된다. 그 이유는 종장후구를 종결어미로 마감은 했지만 어떤 상황을 설명하였을 뿐 화자의 사고나 철학이 없는 종장 마감을 하였기 때문이다. 이런 마감 형태는 묘사문이나 설명문 같은 작품에서 많이 나타난다.

사진찍기/***

봄날 양지쪽에 세 사람이 앉았습니다.
장모님과 딸 아이 그리고 아내입니다.
꽃처럼 흙돌담처럼 장독처럼 앉았습니다.

초장에서 상황 전개, 중장에서는 초장을 보충 설명하고 종장에서는 종결어미로 마감은 했으나 설명조로 되어있어 화자의 사상 또는 결의가 없는 상태로 마감이 되었다. 이런 작품은 시조 형식만 있고 가치나 의미가 없는 형해화(形骸化) 된 시조가 된다.

4. 각 구 말미(末尾)의 조사(助詞)와 연결어미(連結語尾)

소절과 소절, 구와 구, 장과 장은 조사나 연결어미로 연결되어야 하는 것이 원칙이나 경우에 따라 조사는 생략하기도 하고 남구만의 작품처럼 각장이 종결어미로 마감을 하는 경우도 있게 된다. 그러나 연결어미는 생략할 수 없다고 본다.

예를 들면 "고독마저 황홀하게/ 사르는 석양빛을"에서 '―마저' '―을(를)'은 조사이고 '―하게', '―는', '―을(를)'은 연결어미이다. 조사는 경우에 따라 생략되기도 하지만 연결어미는 생략 될 수 없다. '학교에 간다.'할 때 조사 '―에'는 생략할 수 있다. '학교 간다.'처럼. 그러나 '황홀하다'의 어미활용으로 생긴 '―게'를 생략하여 '황홀하'로는 할 수 없다. 후구 앞 소절 '사르다'도 마찬가지이다. 연결어미 '―는'을 생략하고 '사르 석양빛을'처럼 하면 문장이 성립되지 않는다.

연결어미나 조사를 마구 생략하게 되면 자칫 주체가 흔들리고 장과 장이 따로 놀게 되는 경우가 종종 발생하여 어색한 문장이 되므로 주의를 요한다.

문장(文章)이란 사고나 감정을 표현할 때 완결된 내용을 나타내는 최소 단위를 말하는데 주체가 하나 이상이 되면 별개의 문장이 되어 시조로서 가치가 없다는 말이 된다.

5. 종장(終章)의 정체성

종장의 정체성을 제대로 알고 창작을 하면 좋은 작품을 탄생시킬 수 있다. 가장 중요한 장이 종장인데 이는 화자의 사상과 철학이 들어 있기 때문이다.

종장을 이처럼 만드는 것은 자유시에서는 찾아볼 수 없는 시조만의 특이한 정체성이고 자유시와 변별력을 갖게 만드는 중요한 포인트가 되며, 세계 어느 나라 시형(詩形)에서도 찾아 볼 수 없는 특징이 된다.

암각화를 읽다/***

(3.5.2.4) 어머니 얼굴을 보는 어느 반나절 쯤
(5.2.2.4) 그릴 수 있는 것들 죄다 떠오른다
(8.0.3.4) 한 생의 숱한 길 걸음 촘촘히 그려졌다

(3.4.7.0) 그 속에/ 내가 있고/ 동생과 아버지도/
(3.4.3.5) 하나씩 그려 넣은 씁쓸한 생의 암각화
(3.5.3.4) 꼿꼿한 일상의 기억 등 굽은 아혼 근처

예문은 형상화가 잘 되고 이미지도 선명하고 메시지도 있으나 문장의 짜임새만 분석해본다. 첫수 종장 첫 소절 "한 생의 숱한 길 걸음 촘촘히 그려졌다."를 보면 의미의 생성 단위가 화자의 의도와는 완전히 다르게 된다. "한생의" 3자는 비독립적이다. 즉 독립적 의미가 생기는 단위는 "한 생의 숱한 길 걸음"까지이다. 관형격 조사 '－의'는 뒤에 오는 체언과 결합되어야 완전한 의미를 지니게 되어 독립성을 갖게 된다. 즉 주체적 역할을 하는 말은 뒤 오는 체언 '걸음'이다.

둘째 수 초장은 "그 속에"~암각화"까지로 중장이 없는 엇시조가 된다. '암각화' 앞의 모든 소절은 모두 '암각화'를 설명하거나 꾸며 주는 말이기 때문이다. '암각화'와 '기억', '아흔 근처'의 관계도 모호하다. 종장 후구가 체언으로 끝나고 있어 아직 마감이 되지 못한 열린 시조가 된다.

첫 수 종장 후구 "그려졌다"는 과거형시제이고 수동형으로 어떤 상태를 나타내고 있어 화자의 생각이 들어가 있지 않은 마감이다. '그려졌다.'를 현재형으로 바꾸면 '그려 있다.'가 될 것이다.

고시조를 보면 종장 첫 소절 3자는 부사어(예; 청강에)가 약 50%, 독립어(예; 어즈버, 아이야 등)가 약 24%, 주어(예; 사람이) 약 18%, 관형어(예; 무심한) 약 2%, 목적어(예; 내 몸을) 약 0.2% 그리고 접속어(그래도)가 약 1% 정도로 되어 있다.

현대시조에서 종장 첫 소절 3자로 쓸 수 없는 말이 접속어이다. 즉, 그러니, 그래서, 그런데, 그리고 같은 말들은 비록 3자이기는 하나 사용을 피해야 하는 이유는 문장의 의미로 볼 때 이미 종장은 결론부분에 해당 되므로 종장 자체 안에 위 접속어 중 어느 하나의 의미를 내포하게 되기 때문이다.

어느 작품이거나 이에 해당한다. 종장 앞부분에 이와 같은 접속어를 넣고 읽어볼 때 어색하게 읽혀지면 결론이 잘못 되었다는 증거이다.

1) 고시조 종장 첫 소절 3자에 대하여

고시조에서 주의 깊게 볼 것은 종장 첫 소절 3자를 관형어로 한 것은 극히 제한적이라는 점이다.

> '임 향한 일편단심이야 가실 줄이 있으랴
> '임 계신 구중심처에 뿌려 본들 어떠리'
> '무심한 달빛만 싣고 빈 배 저어 오노라'

위 세 가지 유형이 고시조 종장 첫 소절에 쓰인 대표적 관형어다.

따라서 현대시조에서도 첫 소절 3자를 관형어로 쓰는 것은 무난하지만 관형격 조사 '의를 붙여 3자를 만든 다든가, 분리해서는 안 되는 말을 사용해서는 안 된다. 예를 들면 '보이지 않는 공부가 제일 어렵다.'에서 '보이지 않는'은 띄어쓰기는 했지만 붙어 다녀야 의미가 완전히 드러나는 말이므로 첫 소절 3자로 사용할 수 없다.

'예쁘디 예쁜 꽃밭에'도 마찬가지이다. '예쁘디예쁜"은 붙어 있는 말이다.

이 첫마디 3자는 명사의 경우도 같다. 예를 들면 '가오리연∕꼬리 흔들며'이지 '가오리↙ 연꼬리 흔들며'는 될 수 없다.

현대시조는 음수도 중요하지만 의미의 생성단위에 주안점을 더 두어야 한다.

관형격 조사 '―의'를 사용할 수 없는 곳은 다음과 같다.

> **초장** … /… 의//…/ …의//
>
> > 예문; 홀로 깬/새벽잠의//뒤끝이 뜨악하다. (새벽잠의 뒤끝이)까
> > 지가 의미상 한 소절.
>
> **중장** …/…의//… /…의//
>
> > 예문; 달팽이의/ 노란 등짐//혹은 작은 자벌레의
> > (자벌레의 + 종장에 처음 나오는 명사)까지가 의미상 한 소절.
>
> **종장**―..의/…의//…/…//
>
> > 예문; 세상의/ 인심과 정이//고스란히 담겨 있다.
> > (세상의 인심과 정이)까지가 의미상 한 소절.

특히 **종장 첫 소절 3자에 '―의'를 사용하면 안 되는 이유**는 다음과 같다. 즉 뒤에 오는 체언(명사)을 주어로 했을 때 문장 성립이 되지 못한다.

예를 들어 본다.

> ① 일반 관형어인 경우
> > '무심한 달빛' → 달빛이 무심하다.
> > '임 계신 구중심처에' → 구중심처에 임이 계시다.

② 관형격 조사 '−의'의 경우

　'세상의 인심과 정이' → 인심과 정이 세상이다.(문장 성립되지 않음)

　'필생의 한 줄을 구하듯' → 한 줄이 필생이다.(문장 성립 안 됨)

　'지상의 문을 박차고' → 문이 지상이다.(문장 성립 안 됨)

이처럼 문장 성립이 안 되는 이유는 앞의 관형격조사 "−의"는 주체적 역할을 할 수 없기 때문이다 그래서 관형격 조사 '−의'를 쓰면 비독립적인 소절이 된다. 즉 뒤에 오는 체언과 합쳐져야 완전한 의미단위가 만들어 지며 뒤에 나오는 첫 번 째 체언이 주체가 된다는 것을 의미한다.

관형격 조사 '−의'를 예시된 곳(/)에서 사용하면 소절 수 또는 음수가 달라진다. 이 점을 강조하는 것은 각 장의 독립성 때문이다. 독립된 의미 소절이 만들어지는 단위가 되기 때문이다. (위 예시에서 괄호로 표시한 부분)

관형격 조사 '의'가 나타내는 의미는 대개 다음과 같다.

① 앞 체언이 뒤에 온 체언을 수식하는 관계로 뒤 체언이 주체임을
　나타냄
　예; 악어의 눈물(눈물이 주체)
② '~와 같이'의 뜻을 나타냄
　예; 거리의 혼잡. 교통의 무질서
③ 정도나 양을 나타냄
　예; 최고의 기술. 한 쌍의 부부

④ 처소를 나타냄

　　예; 동래의 온천

⑤ 비유되는 관계를 나타냄

　　예; 죽의 장막

⑥ 앞 체언이 소유자임을 나타냄

　　예; 철수의 책

⑦ 재료나 용도를 나타냄

　　예; 순금의 반지

⑧ 체언의 자격을 나타냄

　　예; 사람의 도리

⑨ 소유나 친족 관계를 나타냄

　　예; 철수의 누나

⑩ 전체 중 한 부분임을 나타냄

　　예; 책상의 서랍

　소유나 친족관계, 전체와 부분, 장소를 나타낼 때는 조사 "의"를 생략해도 의미 전달에는 전혀 지장이 없다 따라서 생략이 가능하다.

　　　철순의 누나 → 철수 누나, 철수의 책 → 철수 책,
　　　책상의 서랍 → 책상 서랍, 학교 앞의 문방구 → 학교 앞 문방구

　일반 관형어 사용도 상당한 주의를 요한다. 겹쳐 나오는 관형어 사용을 피해야 소절 수가 맞게 된다.

　일반적으로 관형어는 용언에 + ㄴ, ㄹ을 붙여 만드는 경우가 대부분이다.

그런데 -ㄴ -ㄴ이 겹쳐 나오게 되면 소절수의 감소를 초래하거나 운율을 깨뜨리는 경우가 많다. 관형격 조사 "-의"도 마찬가지로 소절의 변동을 가져온다.

"꽃 한 송이 지는 것이/경쾌한 짧은 음인 듯//딩동댕 벨에 실려 /부고가 날아 왔다.//손가락 쓰윽 누르자/ 한 생애가 지워졌다.//"

-<부고> 전문

이 예문은 밑줄 친 부분에서 운율이 지장을 받는다. 음수 역시 3.5가 아니라 5.3으로 역진이 된다.

일반적으로 관형어는 단독으로 쓰이지 못하고 뒤에 오는 체언과 붙어 다녀야 완전한 의미단위가 된다. 이 때 관형어를 만드는 "ㄴ"은 생략할 수 없다.

예문의 "비 맞는 조그만 빨간"에서 'ㄴ'을 생략해보면 문장이 안 된다. 즉 "비 맞느 조그마 빨가"는 무슨 말인지 알 수 없다.

이는 조사의 생략은 때에 따라 가능하지만 관형어는 술어의 어미변화이기 때문에 생략이 불가능 하다는 얘기이다.

아래 예문에서 화자가 생각한 소절과 구는 " 비 맞는 조그만/ 빨간 꽃이 입을 연다."인 것 같다.

예문 ①

비 맞는 조그만 빨간 꽃이/ 입을 연다.
하늘의 푸른 뜻이 가슴으로 들어간다.
그 뜻이 발음을 얻어 입술로 중얼댄다.

-"수련 전문"

이 예문을 보면 초장에서 "비 맞는, 조그만, 빨간"으로 모두 '꽃'을 꾸며주는 말이다.

그러면 전구는 어디까지인가? '비 맞는'부터 '꽃이'까지가 전구이고 '입을 연다.'가 후구이다. 음수로 보면 8.2/2.2이다. 초장의 소절은 넷이 아니라 둘이 되므로 결국 구(句)는 하나가 되고 장(章)은 일구(一句)로 이루어진 결과를 가져오게 된다.

아마 화자는 총 음수만 맞으면 되는 것으로 착각을 한 것 같다. 운율에도 지장을 초래하지만 '하늘의 푸른 뜻'이 무엇인지 분명치 않다. 종장에서 '하늘의 뜻이 가슴으로 들어가서 입술로 중얼댄다.'는 비유의 오용이라 하겠다.

다음은 종장 말구의 정체성에 대해서 알아본다.

예문 "암각화를 읽다"의 종장이 다음과 같이 되어 있다.

(3.5.3.4) "꼿꼿한 일상의 <u>기억</u> 등 굽은 <u>아흔 근처</u>"

두 가지가 분명치 않다.

첫째는 둘째수의 소절이 어디까지인가 하는 점이다. '일상의 기억'과 '등 굽은 아흔 근처'의 연결성 문제이다 '기억'이 체언(명사)인데 무슨 조사가 생략된 것인지 애매하다. 가능한 조사를 모두 넣고 읽어보아도 '등 굽은 아흔 근처'와 연결이 잘 되지 않는다. '기억'이 주체적 역할을 하려면 '기억'이 하고 있는 역할을 나타내는 술어가 와야 한다. '기억'에 조사 '에'가 생략된 것으로 보면 '근처'라는 말과 어울리지 않게 된다.

둘째 후구 말미가 '근처'라는 체언(명사)로 끝내고 있다는 점이다. 이는 자유시에서 가능한 표현법이고 시조에서는 피해야 할 일이다. 고시조 근대 시조를 불문하고 이렇게 마감한 경우는 없다. 현대 시조에서 이런 유(類)의 종장 마감을 종종 보는데 이는 자유시를 모방하려는 의도 때문이거나 아니면 종장 말구의 정체성을 충분히 이해하지 못한 결과라고 본다.

만약에 '근처' 다음에 어떤 술어(생략된 말)를 넣게 되면 소절수가 늘어난다. 고시조나 개화기 시조에서 말구의 술어를 생략하고 셋째 소절에 체언(명사)를 둔 것은 창(唱)으로 부르기 위한 표현일 뿐 생략된 종결어(終結語) '하리라, 하여라, 하노라'같은 말을 넣어보면 소절수가 네 소절로 딱 들어맞게 되어 있다. 그러나 현대시조에서는 창이 아니라 문학으로 창작하는 것이기 때문에 생략 될 수 없는 것이다. 즉 '하노라, 하여라' 같은 허사(虛辭)를 사용하는 것이 아니라 실사(實辭)를 쓰기 때문이다.

또 "꼿꼿한 일상의 기억"에서 '꼿꼿한'을 술어로 하고 기억을 주어로 하면 '기억이 꼿꼿하다.'가 된다. 문장은 성립하지만 어딘지 어색하다. "기억이 생생하다."고 말한다. '꼿꼿한'과 '일상의'가 모두 관형어로 겹쳐 쓰인 결과이다. 그래서 '꼿꼿한'이라는 첫 소절 3자는 8자가 되므로 일사일언이 아니라는 얘기가 된다.

이해를 돕기 위하여 고시조 예를 들면 "임 계신 구중심처에" 또는 "무심한 달빛만 싣고" "임 향한 일편단심이야" 등은 관형어가 겹쳐 나온 것이 아니고 부사어나 주어가 뒤따라 나왔기 때문에 문제가 되지 않는다. 즉 뒤에 첫 번째 나오는 체언을 바로 수식하게 되지만 관형어의 겹침은 둘 다 뒤 체언을 각각 수식할 수 있기 때문이다.

즉 '꼿꼿한 기억"도 되고 "일상의 기억"도 된다. 이는 종장 첫 소절이 독립적 의미를 지닌 시어의 요구에 반하기 때문이다.

시작(詩作)을 하다보면 종종 이런 경우를 접하게 되는 데 이럴 때는 과감히 하나를 포기하고 다른 시어를 찾아야 한다.

2) 고시조 둘째 소절에 대하여

고시조에서 종장 둘째 소절은 어떤 문장 성분이 놓이고 있는 가를 짚어 보고자 한다.

"임 계신 구중심처에 뿌려 본들 어떠리"
"어즈버 태평연월이 꿈이런가 하노라"

예문에서 보듯이 종장 둘째 소절은 주어나 부사어 목적어 등이 주로 온다. 요즘은 관형어(형용사), 예를 들면 "집착이 꿈틀거리는 목마름에 애가 탄다."에서 '꿈틀거리는'과 같이 뒤에 오는 체언 (목마름)을 수식하는 말을 사용하는 경우도 종종 있으나 고시조에서는 단 한수도 발견되지 않는다. 이는 이러한 관형어를 사용하지 않았다는 이야기가 되는데 그 이유는 무엇일까?

"꿈틀거리는 목마름"까지가 되어야 분명한 의미 단위가 되므로 창으로 부르기에는 호흡이 안 맞았을 것이다. 그러나 현대시조는 부르는 시조가 아니라 읽는 시조이다. 현대 시조라 할지라도 가능하면 관형어 사용보다는 다른 시어를 두는 것이 더 좋다고 생각되므로 문장구성을 보다 면밀하게 짜야 할 것이다.

만약 이 종장을 "집착이 꿈틀거려서 목마름만 타오른다."라고 했다면 전구의 원인으로 후구가 생겨나는 결과가 되어 화자의 감정이 살아나게 된다. 한편 "꿈틀거리는"이라는 관형어를 서술어로 바꾸어 "집착이 꿈틀거린다, 목마름에 애가 타서."처럼 도치법문장으로 만들면 된다. 예를 더 들면 "이제야 알 것만 같은 부모님의 크신 사랑"도 "이제야 알 것만 같다, 부모님의 크신 사랑."처럼 도치된 문장으로 만들면 전하는 이미지가 더욱 강해질 뿐 아니라 닫힌 시조가 된다.

그러므로 미묘한 차이지만 종장 둘째 소절에서는 형용사구가 오는 것을 피하는 것이 더 강력한 메시지를 전하게 된다고 필자는 생각한다.

고시조에서 사용된 종장 둘째 소절의 문장 성분은 대개 다음과 같다고 보면 된다.

① 조사의 경우
첫째; 처소격 조사가 온다. (예: 임계신 구중심처에 뿌려본들 어떠리)
둘째; 주격조사가 온다. (예; 어즈버 태평연월이 꿈이런가 하노라)
셋째; 목적격 조사가 온다. (예; 아희야 고국흥망을 일러 무삼 하리오)

② 용언이 부사어가 되는 경우
예; 우리도 이같이 얽어져 백년까지 누리리라
석양에 홀로 서 있어 갈 곳 몰라 하노라

고시조에서는 찾아보기 어렵지만 **현대시조에서는 창(唱)이 아니라 읽는 문학**이므로 관형어를 두어도 문제되지 않으리라 본다.

③ 부사어를 만드는 방법

체언에 조사를 붙이는 법과 용언을 활용하는 법이 있다.

용언을 활용하는 경우 형용사에는 부사격 조사, 예를 들면 "높다"는 '높아, 높게, 높아서'처럼 "-아, -게, -지, -고"같은 부사격 조사를 붙여 만들고, 용언의 활용, 예를 들면 "먹다"는 '먹어서, 먹으니, 먹으면' 같이 어미를 변화시켜 만들게 된다.

부사어는 문장을 확대시키는 문장 부속 성분의 하나로 용언을 꾸며 주게 되어 술어부를 만든다. 부사어는 부사형 어미가 결합하거나 체언에 처격, 여격, 조격 등이 붙어 만들어 진다.

① 부사어; 무척, 아주 등등 낱말 자체가 부사어인 것.

   예; 저 애는 <u>아주</u> 예쁘다. 이일은 <u>무척</u> 힘들다.

② 체언+부사격 조사; -에게, -에서

   예; 닫힌 문으로. 여자 친구에게

③ 용언+부사형; 행복하게, 기쁘게

   예; 옷을 따뜻하게 입어라.

④ 부사어+보조사; 무척이나, 학교에서도

   예; 그 애는 무척이나 착실하다

⑤ 관형어+의존명사; -할 만큼

   예; 그 애는 놀랄 만큼 어른 같다.

⑥ 성분부사는 서술어를 수식하고 문장부사는 문장 전체를 수식
한다.

　　예; 과연 그의 말이 사실로 드러났다. 확실히 그는 통이 큰 사
람이다.

⑦ 부사어는 부사나 관형사를 수식 할 수 있다.

　　예; 더 빨리 해라, 아주 새 옷을 입었다. 비행기가 매우 높게 떴다
빨갛게 핀 꽃이 샐비어이다,

⑧ 체언을 수식하는 경우도 있다

　　예; 겨우 두 명이 그 일을 했니?, 고작 그것뿐이야?

　부사어는 원칙적으로 술어나 관형어로 쓰일 수 없다. 의태부사 의성
부사, 예를 들면 아장아장, 졸졸졸, 울긋불긋 같은 말들은 부사어이다.
이런 말에는 접미사를 붙여 술어를 만든다. 즉 아장아장+대다, 졸졸졸
+거리다, 울긋불긋+하다, 이러한 접미사를 상태나 동작을 나타내는
관형어를 만들 수 있다.(아장아장대는, 졸졸거리는(대는), 울긋불긋한)

　"울퉁불퉁 솟아 나온 바위"에서 '울퉁불퉁'은 부사어일까, 관형어 일
까? 이때는 '솟아 나온'이라는 술어를 수식하므로 부사어이다.

　관형어가 되려면 '울퉁불퉁 바위'가 되는데 바위가 체언이므로 앞의
말을 관형어로 만들어야 한다. 이때 접미사 '－하다'를 붙여 '울퉁불퉁
+하다'로 하고 '하다'를 관형어로 만들면 '울퉁불퉁한'이 되어 관형어
역할을 하게 된다.

　물론 문법을 말하고자 하는 것은 아니나 이만큼 시어하나 사용에도
심혈을 기울여야 한다는 말을 하고 싶어서이다.

3) 종장 후구 말미에 대하여

종장 마감을 종결어미로 닫아 놓는 상태를 '닫힌 시조', 마감이 열려 있는 상태를 열린 시조라 한다. 아래 예문처럼 종장 후구에서 열린 시조를 쓰는 것은 정체성을 벗어난 것이 된다.

'부용꽃 서늘한 이마 돌아서서 지우고'	and의 개념
'둥글게 나이테 하나 몸 속 깊이 새기며'	'-며'는 연결어미
'빛바랜 하얀 옥양목 차가 움에 눈부시다가'	'-다가' 연결어미
'왕성한 검은 생명들이 자유롭 길 원하지만'	'-지만' 연결어미
'아득한 강물의 시간 문 한 짝을 떼어내면'	'-면' 연결어미
'호수는 청람한 하늘 품어 안고 조는데'	'ㄴ데' 연결어미
'불살라 거두었던 시혼 먼 땅에서 빛나고....'	'....'은 여운의 의미

종장 후구를 종결어미로 마감했다 해서 모두 닫힌 시조는 아니다. 화자의 결의와 각오가 나타나 있지 않고 어떤 현상만을 그대로 표현하면 이 역시 열린 시조가 된다.

물론 고시조 중에도 한 두수의 열린 시조가 있다. 예를 들면 다음 시조가 대표적이다.

나비야 청산가자 범나비 너도 가자
가다가 저물거든 꽃에 들어 자고 가자
꽃에서 푸대접 하거든 잎에서나 자고 가자

—미상

종장은 '가자'라고 닫은 상태이지만 종장 전체가 화자의 결의 찬 모습은 찾아보기 어렵다. 따라서 열린 시조가 된다.

현대시조 예문을 본다

① 반구대 가는 길/***

굽어 돈 산길 끝에 촌집 한 채 졸고 있다
도포를 끌던 포은 잠시 마실 갔는지
읽다가 던져둔 고서 아무렇게 쌓였다

청석을 캐어 와서 잘 다듬은 반구연(盤龜硯)에
밤낮 물소리가 먹을 갈고 있었다
집청정 푸른 대숲이 겸재 화원 붓이 됐다

반구천 대곡천이 함께 만든 에스라인
그 물길 돌아 돌아 선사로 이어졌고
갑자기 맹수 한 마리 달려들 것 같았다

종결어미로 마감은 했으나 화자의 사상과 철학이 없는 현상의 나열 또는 상황의 묘사이므로 첫수나 셋째 수 종장은 열려 있는 마감이다. 어떤 현상(상황)만을 그려냈기 때문이다. 시조는 종장처리가 매우 중요하므로 닫힌 마감이 필요하다.

한편 고시조 종장 말구의 시제는 반드시 현재형으로 되어 있다. 요즘 과거에 발생한 일이라 하여 과거형(-했다)을 쓰는 경우가 많은데 이는 반드시 고쳐야 한다. 예문에서도 '쌓였다', '됐다', '같았다' 등 모두 과거형 시제를 택하고 있는데 초장이나 중장에서 과거형은 괜찮지만 종장 과거형은 반드시 피해야 생명력이 지속된다.

예를 들어 "오솔길 걸어가면서 콧노래를 불렀다."하면 이미 과거에 일어난 일로 현재는 아닐 수도 있다는 가정이 성립된다. 생명력을 상실한 작품이 된다. 그런데 이 종장을 "오솔길 걸어가면서 콧노래를 부른다."라고 했다면 과거에도 그랬고 현재도 그렇고 미래에도 그럴 것(콧노래를 부를 것)이라는 문장이 된다. 매우 중요하다.

고시조 어느 작품을 보아도 종장에서 과거형 시제를 사용한 작품은 단 한 수도 없다.

현대시조 예문
② 미생/*** (둘째 수)

품이 큰 외투 위에 위태로운 가방 한 줄
이력서 너머로는 볼 수 없던 회색 바람
지난달 경리 하나가 사직서를 써냈다

이 작품을 보는 순간 초장 후구의 '가방 한 줄'이 시적 잠금장치를 너무 견고하게 하여 무슨 말인지 이해가 안 된다. '한 줄'을 중장으로 가져가 읽어도 어색하긴 마찬가지다. 중장 역시 '이력서 너머로 볼 수 없던 회색바람'은 이해하기 쉽지 않다. '회색바람'은 보조관념으로 쓰인 말인데 원관념을 찾아내기가 매우 어렵다. 중장의 의도가 '이력서를 낼 당시에는 생각조차 않았던 조기퇴직 바람'이라면 문장구성을 새로 짜야 한다. 독자와 소통을 좀 쉽게 하려면 너무 어렵게 잠금장치를 하지 말아야 한다. 이 작품은 독립성이나 연결성이 결여되기도 했지만 특히 종장 후구말미의 종결어미가 과거시제(過去時制)이다. "사직서"를 써 낸 시점에서 생명력이 멈춘 것 같다. 그때는 그랬지만 지금은 아닐 수도 있다. 초장이나 중장은 과거시제를 사용했다 하더라도 종장에 가서는 현재형으로 마감하는 것이 바람직하다. 고시조는 이런 작품을 발견할 수 없다. 이는 작품을 잘 쓰고 못 쓰고 와는 관계없이 작품의 영속성에 관한 문제이긴 하나 작품을 짓는 시점이 현재이므로 현재시제를 사용하는 방법을 찾아내야 한다. 이 작품을 현재형으로 하려면 어떻게 해야 하는가?

> "이력서 너머로는 볼 수 없던 회색 바람
> 지난달 경리 하나가 사직서를 써냈다."

중장과 종장을 바꾸어 보자.
"지난달 경리 하나가 사직서를 썼는데/이력서 이면에 없는 회색바람 매몰차다."라 하면 현재형이 된다. 그 회색바람은 지금도 역시 매몰차기 때문이다.

이처럼 종장 후구를 현재형으로 마감하는 것도 시조 정체성의 중요한 한 요소이다.

③ 고시원/***

최초로 발견한 자, 그 이름 명명하듯

산허리 신림동에서 날마다 두 손 모아
뜨겁게 불을 밝히는 외로운 섬이 있다.

종장 처리를 보면 "섬이 있다."처럼 마감하여 닫힌 시조처럼 보이나 화자의 각오나 결의 사상과 철학이 없이 어떤 상황을 그대로 표현한 것이므로 열린 시조가 된다.

열린 시조니 닫힌 시조니 하는 문제 역시 종장을 처리함에 화자의 결의가 어떠한가를 두고 판단해야 할 문제이지 꼭 종결어미로 마감만 하면 된다는 의미는 아니다.

이 작품은 중장과 종장은 상호 연결성이 있으나 초장은 완전 동떨어진 문장으로 읽힌다. 초장 후구 종장 후구를 이어 읽어보면 '명명하듯 ~~~섬이 있다.'가 된다. 어순이 안 맞는다.

'명명한 ~~ 섬이 있다.' 또는 '명명하듯 ~~ 불렀다.'라고 해야 어순이 맞는다.

6. 초장 중장의 전 · 후구 뒤 소절의 관형어

예문

①-1

냇가에 해오랍아/ 무슨일 서 있는다
무심한 저 고기를/ 여어 무삼 하려는다
아마도 한물에 있거니/잊어신들 어떠리

-신흠

①-2
청초 우거진 골에/ 자는다 누웠는다
홍안을 어디두고/ 백골만 묻혔으니
잔 잡아 권할 이 없으니/ 그를 설워 하노라

-임제

고시조 예문 ①-1이나 ①-2에서 보듯이 초장 중장 전구나 후구 뒤 소절에 관형어(수식하는 말)를 두지 않았다.

예문

②-1 너무 늦게 온 사랑/***

색이 바래고 경첩 빠지고/ 좀이 슬고 삐걱거리는
(주+서술+주+서술+주+술어+관형어)
비틀고 휘어져/ 누구도 가져가지 않을
(술어구+주어+관형어)
늦가을 비에 젖고 있는/ 저 낡은 가구들
(부사어+관형어구+관형어구+주어)

②-2 아버지의 밭/***

그곳은 언제나/ 초록빛 숲에 닿아 있다
(주어 · 부사어 · 부사어 · 술어)
달팽이의 노란 등집/ 혹은 작은 자벌레의
(관형어 · 관형어(-의) · 부사어 · 관형어)
투명한 행로만으로/ 무성한 눈물자국
(관형어 · 부사어 · 관형어 · 체언(명사))

현대시조 예문 ②—1은 '바래고, 빠지고, 슬고'처럼 and의 개념이지만 뒤에 '삐걱거리는'이라는 관형사로 보아 '바랜, 빠진, 좀이 슨'과 동일한 관형어로 보아야 한다. 임종찬 교수가 말하는 네가지 사례(장은 a. 주어구＋서술구 b.전절 ＋ 후절, c.위치어＋문장, d.목적어＋서술어) 중 어느 하나에도 해당되지 않는다. ②—2는 '달팽이의 노란, 작은, 자벌레의, 투명한'이 모두 관형어이다. 이 경우 이미 설명한 것처럼 초장이나 중장이 독립성을 유지하려면 그 관형어(형용사) 뒤에 나오는 체언(명사)까지 합쳐져야 독립된 의미를 만들어 내게 되므로 당연히 음수와 소절이 달라진다.

이 관형어 사용을 초장이나 중장 후 소절에서는 왜 사용할 수 없는가?

고시조를 보면 전구 후구를 막론하고 후 소절에 관형어로 쓰여진 경우는 찾기 어렵다.

고시조와 현대시조를 비교해 본다.

① 초장: (고) 오백년 도읍지를/ 필마로 돌아드니
(현) 침묵의 산을 깨운/ 발원의 몸짓들이
(현) 상전이 된 아이들의/ 뒷전에서 어정쩡히

② 중장: (고) 산천은 의구한데/ 인걸은 간데없네.
(현) 게으르게 둘러앉은/ 모서리가 어설프다.

③종장: (고) 어즈버 태평연월이/ 꿈이런가 하노라
(현) 늦가을 비에 젖고 있는/ 저 낡은 가구들
* (고)는 고시조, (현)은 현대시조를 의미함

예문에서 보듯이 고시조는 관형어를 일체 두지 않았다. 전구 후구 사이에서 휴지를 두는 곳이다.

그러나 현대시조의 예를 보면 "산을 깨운"은 '몸짓들을', "아이들의"는 '뒷전'을, "둘러앉은"은 '모서리'를, "젖고 있는"은 '가구들'을 수식하는 관형어이다.

의미가 생기는 단위로 보면 관형어 뒤에 오는 체언까지가 완전한 의미단위가 된다.

<시조 명칭 및 형식 통일안>에 의하면 구(句)는 의미가 완결된 작은 단위라고 규정하고 있다. 특히 후구의 뒤 소절이 관형어로 끝나면 뒤에 나오는 체언까지가 의미 단위가 되므로 장의 독립성이 없어진다. 정말 시조의 묘미가 아닐 수 없으며 선조들의 지혜에 감탄하지 않을 수 없다. 그러나 이러한 시조의 깊은 의미를 이해하지 못한 일부 시조인들은 무조건 글자 수(음수)에만 집착하여 외형만 맞으면 시조가 되는 줄 안다.

현대 시조를 짓는 일부 시인들이 이런 형태로 장을 만드는 일이 허다하기 때문에 현대시조의 의미적 변형이라 볼 수도 있다. "침묵의 산을 깨운"을 형용사구로 보면 이 구 전체가 후구를 수식하게 되므로 문법적으로 보면 문제시 되지 않는다. 그렇다 하더라도 가능하면 초장이나 중장의 후구의 뒤 소절과 종장의 둘째 소절은 관형어 사용을 피하는 것이 "시조의 정체성"을 지키는 길임은 분명하다.

7. 순진법(順進法)과 역진법(易進法)

즉 초장과 중장은 앞 소절의 음수는 3(4), 후 소절은 4음절이다. 3(4) ≦4이고 종장 후구는 반대로 4≧3(4)이다. 위 예문에서 초장 "북창이(3) ≦맑다커늘(4) 우장 없이(4)=길을 나니(4)"이고 중장도 3<4, 3<4이다 그러나 종장은 "얼어 잘까(4)>하노라(3)처럼 앞의 음수다 더 크다.

이처럼 고시조에서는 초장과 중장은 구의 음절수가 앞 소절이 작고 뒤 소절이 크며, 종장에 가서 이와 반대로 앞 소절의 음수가 뒤 소절보다 크게 구성되어 있다.

중요한 정체성 중 하나가 된다. 따라서 현대 시조에 있어서도 초장과 중장은 3(4)≦4로 종장은 4≧3(4)로 하는 것이 바람직하다.

역진법으로 된 현대시조 예문
① 외눈/***(둘째 수)

흑백의 담장 앞에서 밀고 당기며 새던 밤
앞에서 달려오는 그의 말을 자르던
편견의 깊은 동굴 속 뼈아픈 밤의 소리

초장 후구 '밀고 당기며(5) 새던 밤(3)' (5>3)
중장 후구 '그의 말을(4) 자르던(3)' (4>3)

초장이나 중장은 3≦4의 순진법을 요구한다.

예문의 종장 후구는 순진법으로 '뼈아픈(3) 밤의 소리(4)' 3<4이다 그러나 종장은 반대로 4>3의 역진법이 되어야 한다. ±1을 허용한다

하더라도 가능하면 이 규칙을 따르는 것이 좋다. 위 작품의 종장은 관형어('편견의' 부터 '동굴 속'까지) 8자와 체언 3.4자로 된 작품으로 정형으로 보기 어렵다. 첫 소절 3자도 안 맞고 소절수도 부족하게 된다.

현대시조 대다수의 작품이 고시조의 규칙을 따라 초장, 중장에서는 3(4)≦4, 종장 후구 역시 4≧3(4)가 거의 일반화 되어 있음을 발견하게 되는데 이는 운율을 더욱 효과적으로 살려내게 되는 장점이 있다.

그러므로 초장, 중장 후 소절 4>3, 종장 후구의 3<4의 음수 배치는 가능하면 피해야 한다.

초장: (4,4) "가을이 문 밖에다/선물 하나 두고 간다."
종장: (4,4) "얼마를 더 비워야만/ 단풍같이 물이 들까"

예문처럼 종장후구를 역진으로 하려면 즉 셋째 소절의 음수 배열은 4가 되고 넷째 소절의 음수는 3이 되거나 4가 되어야 한다.(4≧3(4))

8. 주체의 일관성

시조 작품의 주체는 특별한 경우를 제외하고는 항상 하나로 일관되어야 한다. 시조의 특성중 하나이다.

고시조 예문
청초 우거진 골에 자는다 누웠는다
홍안을 어디두고 백골만 묻혔으니

잔 잡아 권할 이 없으니 그를 설워 하노라

— 임제

이 예문의 주체는 황진이다. 초장에서 자는 듯 누워 있는 이도 황진이
이며 중장의 백골도 황진이이고 종장의 잔 잡아 권할 이도 황진이이다.

현대시조 예문
① 미풍/***

얽히고 할퀸 모습 굴러 박힌 이 박토에
바람은 돌고 돌아 가지 끝을 살랑인다.
먼 하늘 우러러 펼친 초목들의 고운 잎새.

이 작품 역시 주체가 흔들리고 있다. '바람'인지 '고운 잎새'인지 분간
하기 어렵다.

시조는 자유시와는 달리 하나의 주체로 종장까지 이어져야 한다.

② 간이역/***

알몸의 나무들 살찐 근육 통통하다
비어버린 대합실 메아리가 목을 빼고
벌판의 육자배기와 창문을 두드린다.

초장은 근육이 주체이고 중장은 메아리가 주체이고 종장은 육자배
기가 주체이다.

이렇게 되면 화자는 무엇을 말하고 있는 것인지 혼란을 일으키게 되며 제목 '간이역'은 의미가 없게 된다. 제목이 '간이역'이므로 간이역이 주인공이 되어 얘기를 써내려가야 된다. 만약 간이역의 풍경을 말하고 싶으면 '간이역에서'처럼 되어야 한다.

③ 초승달 변주/***

탱탱한 한 하늘 깔고 바람자락 구름 걷어
날땅이 일어서서 봄이 한창 야단인데
야윈 손 다소곳 모아 기도하는 모나리자.

이 예문의 주체는 '바람자락'이고 중장은 '날땅'이 되며, 종장은 '모나리자'가 된다. 작품 전체를 통하여 '초승달의 변주'를 본 것이라면 본문의 문장 구성을 새로 해야 한다.

고시조는 어떻게 되어 있는지 살펴보기로 한다.

③
묏버들 갈해 것거 보내노라 님의 손대
자시는 창밧긔 심거 두고 보소서
밤비에 새잎 곳 나거든 날인가도 너기소서

－홍랑

이작품의 주체는 무엇인가? '화자 자신'이다.

초장에서는 묏버들을 가려서 꺾어 보내는 이도 홍랑이고 중장의 그 묏버들을 창밖에 심어 두고 보라고 부탁하는 이도 홍랑이고 종장에 "날인가"도 역시 홍랑 자신을 말하고 있다. 초장 전구 '갈해'는 '가려서'라는 고어이고 '것거'는 '꺾어서'라는 고어이다. 후구 '님의 손대'에서 '손대'는 고어로 '−에게'라는 부사어이다. 즉 '님에게'라는 의미이다. '너기소서' 역시 '여기다'의 고어이다. 이처럼 초장 중장 종장이 모두 화자인 '홍랑'이 주체이다.

예문 ⑤
얼마나 닦아야만 이렇게 모가 닳아
차이고 짓밟혀도 상처하나 아니 받고
밀려나 그냥 있어도 반들반들 윤이 날까.

−박필상의 '조약돌'

위 예문은 현대시조이다. 작품이 매우 반짝인다.

이 예문 역시 주체는 '조약돌'이다. 조약돌은 보조관념이고 원관념은 화자 자신이다.

초장에서 모가 다 닳은 것도 조약돌이고 중장 역시 이리저리 차이고 밟혀도 상처하나 받지 않는 존재는 조약돌이고 종장의 반들반들 윤이 나는 것도 조약돌이다. 화자도 세파에 시달릴망정 조약돌처럼 반들반들 윤이 나야 되겠다는 소망 또는 각오를 나타낸 말이다. 주체가 흔들림 없을 뿐 아니라 독자에게 전해주는 메시지 또한 분명하다.

이 작품에서 보듯이 특별한 비유를 하지 않고도 이처럼 독자에게 자기 사상, 철학, 의지를 보여주는, 메시지 있는 작품 만들기는 얼마든지 가능하다.

9. 어법(語法)에 대하여

시조는 창(唱)에서 갈라진 문학으로 화자의 특별한 의도가 없는 한 반드시 어법에 맞아야 한다. 이 어법을 어기게 되면 사리에 맞지 않는 글이 된다.

① 예문
오백년 도읍지를 필마로 돌아드니
산천은 의구한데 인걸은 간데없네.
어즈버 태평연월이 꿈이런가 하노라
ㅡ길재

이 작품을 보면 어법에 잘 맞는다. 초장 후구 "필마로 돌아드니" 중장 (그런데) "인걸은 간데없네." (그래서) 종장에 가서 "꿈이런가 하노라" 하고 화자의 심회를 잘 드러내고 있다. (그런데)나 (그래서)는 앞 장의 원인으로 생기게 되는 마음속의 접속어이다. 말하자면 원인과 결과이다. 이 작품에서는 중장의 성립을 전제로 초장이 만들어진 것은 아니다. 반대로 초장이 원인이 되어 순차적으로 나타나는 중장이다. 초장을 보완 설명하는 것인데 그 이유는 초장에 "돌아드니"에서 '~니'는 이유를 말하고 있다. 즉 '돌아드니까 인걸이 없다.'는 사건이 벌어지고 있는 상황을 순차적 이끌어 낸 문장이다.

② 현대시조 예문

바람 불어 그리운 날 / ***

(3.2.4.3.4 / 5소절) 따끈한 찻잔 감싸 쥐고/ 지금은 비가 와서
(3.5.4.3)   부르르 온기에 떨며 그대 여기 없으니
(3.5.4.4)   백매화 저 꽃잎 지듯 바람 불고 날이 차다.

이 작품은 어법에 안 맞는다. 비가 와서 날씨가 싸늘하므로 따끈한 차 한 잔을 감싸 쥐어야 하는데 전후구가 바뀌어 있어 마치 따끈한 찻잔을 감싸 쥐고 비가 온다는 비논리적인 글처럼 되었다. 중장도 마찬가지이다. 의미가 단절 되거나 자연적 섭리가 뒤바뀌어 이상한 문장이 되고 만 느낌이다.

초장은 소절수가 5개이며 음수도 '찻잔 감싸 쥐고'를 한 호흡으로 읽는다 해도 6자가 된다. 중장 역시 음수가 어색하다. 고시조 음수의 기본은 3.4.4.4 ±1이다. 이로 미루어보면 후구의 소절수는 "부르르 온기에 떨며 그대 여기 없으니"의 문장 성분을 보면 '부르르'는 부사어, '온기에 떨며' 부사어,/'그대'는 주어, '여기'는 부사어, '없으니' 부사어로 구성되어 있다. 문제는 '그대 여기'를 따로 볼 것이냐, 아니면 한 소절로 볼 것이냐 인데 "그대 여기"는 조사 '그대가'라는 주격 조사 '-가'와, '여기에'라는 처소격 조사 '-에'가 생략된 형태이다. 그러므로 율독 시에 '그대'와 '여기' 사이에서 휴지가 일어나게 된다.

나나니벌/***

나나니는 둘치라서
새끼를 못 낳는다네

남의 자식 잡아다가
날 닮으라고 나나나나

가엾은
나나니 같은 그런 자식 있다네.

이 작품 역시 사리에 안 맞는 내용이 들어가 있다.

둘치라는 말은 새끼를 낳지 못하는 짐승의 암컷을 이르는 말이다.
나나니벌이 모두 둘치라면 그 종(種)은 멸종되고 말 것이다. 혹 가다
둘치가 있을 뿐으로 모든 동물에 해당하는 말이다. 중장도 이치에 안
맞는다.

아무리 작품이 좋아도 이치에 안 맞는 작품은 그 품격을 떨어뜨린다.

이 밖에도 논리에 안 맞는 장(章)의 구성법도 주의를 요한다. 예를 들
면 다음과 같다.

"달마다 치러내는 초경의 아픔처럼" <따듯한 감기> 초장

　　　　　　　　* 초경은 달마다 치르는 것이 아님.

"늦가을 꽃 중의 꽃은 매 · 난 · 국 · 중 국화다." <국화> 종장

　　　　　　　　* 매화는 늦가을 꽃이 아님.

"달밤에 도롱이 쓰고 소낙비를 맞는다."

＊ 달이 뜬 밤은 비가 올 수 없음.

이처럼 앞뒤가 사리에 안 맞는 문장은 호응이 안 되는 모순된 작품이 된다.

반어법이나 역설법은 강조를 나타내기 위한 수단이지만 비논리적 표현은 독자의 감성을 자극하기보다는 외면당하기가 더 쉽다.

10. 종장에 나타난 화자의 각오와 결의

고시조를 보면

'백설이 만 건곤 할 제 독야청청 하리라'/성삼문
'차라리 귀 막고 눈 감아 듣도 보도 말리라'/김수장
'아마도 겉 희고 속 검을 손 너뿐인가 하노라'/이직
'임 향한 일편단심이야 변할 줄이 있으랴'/정몽주

고시조에서는 한 두수를 제외하면 모두 닫힌 마감을 하고 있다. 이 정체성은 물려받아야 할 유산이다.

현대시조 종장 처리 예문
'풍화한 영예를 안고 전봇대가 울고 있다'/<목격1> 첫수 종장
'판자 집 루핑 지붕엔 어두움이 쌓인다'/<목격2> 첫수 종장
'풀벌렌 몸을 숨긴 채 긴 여름을 울고 있다.'/<목격4> 셋째 수 종장

'지난해 절망을 삭여 꽃망울로 내단다'/<묵화치기> 종장
'개구린 통곡을 했네, 온 동네가 귀먹도록'/<향수> 종장

현대시조 역시 종장에서 화자의 응축된 감정이 강하게 나타나야 한다. 아래 예문처럼 어떤 상황을 그려내면 맛이 덜 날뿐 아니라 설명문이 되기 쉽다.

"소나기 슬쩍 지나고 잠자리 낮게 날다."/<입추> 종장
"남몰래 갈매기가 와서 덤으로 넣은 것이다."/<갈매기 살> 둘째 수 종장
"가는 길 비켜 앉아 있는 바위마다 불상이다."/<경주 남산> 첫수
"방전이 되고 말았다, 쓰지도 않았는데"/<시간>/ 종장
"속 쓰림 더부룩한 속, 신트림이 나온다."/<위산과다> 종장

종장 마감을 위의 예처럼 하면 화자의 결의, 각오 의지가 결여된 문장이 되므로 비록 종결어미로 마감은 하였지만 열린 시조가 된다.

11. 고시조의 율조(律調)와 표기(表記)

자산 안확은 시조시(時調詩)와 서양시(西洋詩)(문장 2권 1호. 1940년 1월 1일 발행)를 평하면서 율조에 관하여 다음과 같이 말하고 있다.

「시조시의 34,35 등 순서로 된 것도 상당한 이유가 있는 것이다. 함부로 못하고 전환하든지 수를 가감하든지 하면 불가하다. 또 서양

시의 음절 구성은, 즉 박자는 2음절, 4음절, 8음절까지 있지마는 시조시의 음절은 1장이 4음절로 되어 그 4음절이 절대 불변의 구성법으로 된 것이다. 그러므로 시조시의 문구를 書(서)함에도 음절을 應(응)하여 쓸 것이요, 산문적 문법으로 쓰면 불가하다. 가령

 －'거문고를 베고 누워'처럼 쓰면 안 되고 '거문고를 베고누워'처럼 써야 한다. '새도 아니오더라' 역시 '새도아니 오더라'처럼 써야 된다.」

라고 했다.

 안확이 주장한 음절은 글자 수가 아니라 호흡단위, 즉 "거문고를"이 1음절, "베고누워"가 1음절임을 말한다. 글자 수가 아니라 호흡단위의 묶음이 네 개 즉, 소절수가 4개란 의미이다. 따라서 초장, 중장, 종장은 각각 네 개의 소절로 되어 있다는 의미로 해석된다.

 예를 들면

　　① 하물며 못다 핀 꽃이야 일러 무삼 하리요.
　　② 석양에 홀로 서 있어 갈곳 몰라 하노라.
　　③ 녹수도 청산을 못 잊어 울어 예어 가는고.
　　　　　*위에서 밑줄 친 부분을 붙여 읽어야 된다는 의미임.

 과거에는 맞춤법이 정립되지 않은 때이기도 하였지만 창으로 부르기 위해 율조(律調)를 중요시 여겨 종장 말구를 생략하였으므로 자연히 앞 말에 붙여 놓아야 했다. 즉 '하리요, 하노라, 가는고' 등을 생략하였

다. 따라서 '무삼, 몰라, 예어' 등은 앞 말 '일러, 갈 곳, 울어'에 붙여 놓아야 했다. 또 이렇게 함으로서 좀 더 율(律)이 생겨 노래 맛이 살아나며 흥이 생기게 된다.

그러나 현대 시조에서는 과거처럼 별 의미 없이 붙어 다니는 '하노라, 하여라' 같은 말을 사용치 않고 있다.

① 마지막 껴안은 깃털 하늘 쓸 듯 <u>날고 있다.</u>
② 홀로 핀 매화가지에 난분분히 <u>눈이 오네.</u>
③ 박연을 이르고 보니 하나 밖에 <u>없어라</u>

그러나 현대시조는 위 예문의 밑줄 친 부분 같이 명사나 실질적인 뜻을 나타내는 용언이 놓인다. 이런 실질적 의미를 지닌 말을 생략할 수 없다는 것은 너무도 당연하다. 또 고시조에서 하듯 '―하늘 쓸 듯이 날고(7), ―난분분히 눈이(6), 하나 밖에 없(5)'처럼 한다면 정형의 질서가 깨지게 된다.

이상 살펴 본 바와 같이 현대시조의 종장 후구는 고시조와 다른 의미 의미구조로 짜인 다는 점을 이해 할 필요가 있다. 예를 들어 '훨훨/ 날아 간다.'를 2,4로 읽어야지 '훨훨날아/ 간다'처럼 4,2로 읽을 수 없다. 즉, '날아가다'는 하나의 낱말이므로 '날아/가다'처럼 분리해서 쓸 수 없다. 고시조나 안확의 주장대로라면 '훨훨 날아/간다.'처럼 4,2가 될 것이나 현대 어법으로 하면 2,4가 되는 것이다.

분리 할 수 없는 용언을 분리하는 경우에 이 같은 현상이 벌어지는데 이는 잘 못된 것이다.

제2절

개화기 시조의 정체성

지금까지 고시조에 대한 정체성에 대하여 개략적으로 알아보았다. 고시조가 개화기에 들어와서 어떤 변화를 시도했는지 알아본다.

예문

　　대장부 세상에 나매 입신양명 경륜이라

　　출장입상 지혜 없고 능언 즉간 못할진대

　　차라리 향곡에 묻혀 농업이나

　　　　　　　　　　　　　　　　　　　　　－이세보

이 예문을 보면 첫눈에 띄는 것이 종장이 세 소절이라는 점이다. 종장 끝마디가 '농업이나'로 되어 있으나 '하리라'가 생략되었음을 알 수 있다. 보이는 소절만 보면 셋으로 한 소절이 부족하다. 그러나 '하리라'

를 넣어 보면 4소절이 되고 종장의 음수 역시 3,5,4,3으로 맞아떨어지게 됨을 알게 된다.

1906년에 나온 <혈죽가>를 보더라도

혈죽가/대구여사

협실의 소슨 되는츙정공 혈적이라
우로을 불식ᄒ고 방즁의 풀은 쓴슨
지금의 위국츙심을 진각세계

츙졍의 구든 졀기 피을 미ᄌ 되가 도여
누샹의 홀노 소사 만민을 경동키ᄂ
인싱이 비여 잡쿄키로 독야쳥쳥

츙졍공 고든 졀기 포은션셩 우희로다
셕교에 소슨 되도 션쥭이라 유젼커든
허믈며 방즁에ᄂ 되야 일너 무삼

현대어로 말하면 다음과 같다.

협실에 솟은 대는 충정공의 피 흔적이라
비와 시슬을 맞지 않아도 방안에서 푸른 뜻은
지금의 위국 충심을 전 세계에 알림이다.

충정의 굳은 절개 피로 맺은 대(竹)가 되어

다락으로 홀로 솟아 만민을 노래킨다.
인생에 빗대어 보면 잡초일지언정 청청하다

충정공 곧은 절개 포은선생 위에 있다
석교에 솟은 대나무도 선죽(善竹)이라 전하거든
허물며 방 가운데에 난 대나무야 더 말할 나위 없다

첫수 종장은 '지금의 위국 충심을 진각세계'

둘째 수 종장은 '인생의 비여 잡초키로 독야청청'

셋째 수 종장은 '하물며 방중에 난대야 일러무삼'처럼 되어 있다.

소절 또는 음보로 보더라도 넷이 아니라 셋이다.

그러나 끝에 (하고자), (하리라), (하리오) 등의 말을 넣어보면 4개의 소절이 되고 음수 역시 잘 맞게 된다. 이런 현상은 창으로 부르기 위해 종장 끝마디를 생략한데서 생겨난 현상이고, 개화기에도 이 같은 현상은 일시 나타났다가 이내 고시조 원형 상태로 복원되었음을 확인할 수가 있다. 종장 말구가 생략된 형태는 개화기 때에만 있었던 현상은 물론 아니다. 고시조에서도 종종 발견 된다.

개화기에는 4행으로 된 시조, 4소절로 하되 종장 말구를 명사(체언)로 마감한 형태 등이 나타나기도 했던 때이다. 창곡 형이 아니라 문학으로 되었음에도 불구하고 시조 형태가 이처럼 변화를 시도 한 것은 아마도 자유시의 영향으로 파악된다.

이러한 종장 말구 생략현상은 개화기 초에 유행했으나 최남선의 『백팔번뇌』가 나온 시기를 기점으로 종장말구가 다시 복원되었다.

김영철은 그의 저서 「한국개화기 시가 연구」에서 다음과 같이 말하고 있다

"시조의 형태상 특징이 종장에 집약되고 있음은 주지의 사실이다. 그러나 개화기 시조는 이 종장 형식의 파괴가 두드러지게 나타난다. 3.5.4.3의 음수율과 4음보격의 형태상 기조가 붕괴되고 있음이 확인된다. 개화기 시조는 거의 예외 없이 종장 말구를 생략하고 있는데 예를 들면 다음과 같다.

　　─아느냐, 이천만 동포들아 충군애국(忠君愛國)
　　─아마도 씨러업시기는 충의고풍(忠義高風)
　　─지금에, 을지문덕양만춘이, 일일탄생
　　─차라리, 이천만중다죽어도 이강토를

이와 같은 현상은 육당도 마찬가지였으나 <청춘>지 이후부터 종장 말구를 다시 복원했고 그의 시조집 <백팔번뇌>에서는 말구가 생략된 것을 찾아보기 어렵다.
춘원, 노산, 가람 등의 작품에서도 말구의 생략은 찾아볼 수 없다."

그러나 육당 자신도 <백팔번뇌> 이전에는 근대시조의 틀을 벗어나지 못하고 있었음을 알 수 있다. (소절수가 3)

　　─진실로 날호리라면 오즉 열매
　　─중강에 칼바람 부니 그 한인가

그러나 <백팔번뇌>에 실린 작품을 보면 다음과 같이 4소절로 되어 있다.

- 밤낮에 이내가려움 못견대어 하노라
- 어쩌타 말못할 것이 님이신가 하노라
- 곱고비 매친설음이 남의 뼈로 심어라

위 예문에서는 4소절에 음수 역시 3.5.4.3의 형태로 복원되었음을 보여준다. 이로 미루어 보면 종장 말구의 생략은 개화기 때 국한된 일시적 현상(특징)이며 정체성이 되지 못하고 곧 사라져 버리게 되었다.

김영철은 「한국개화기 시가 연구」에서 다음과 같이 밝히고 있다.

"조선 후기 창곡적 시조시형이 개화기까지 연장되어 왔음이 확인되었다. 창곡적 시형이 아닌 문학적 시조시형으로의 완전한 복원은 <청춘> 이후 1920년도로 보아야 한다."

"문학적 시조시형으로 복원"이라는 말은 상당히 중요한 의미를 지닌다.

개화기에 접어들어 종장 말구가 변격을 보인 것은 자유시의 영향을 받아 일시적으로 나타난 현상이기는 했으나 다시 복원되었다는 것은 시조의 정체성을 되찾았다는 이야기가 된다.

개화기에 시도된 4행 시조역시 성공하지 못하고 3장시조로 복원 되었다.

예를 들면

말한다고 뜻다하며 뜻있다고 말다하랴
애고 답답 이가슴은 어느 명의 풀어주나
눈물이 속으로 흘럿스면 뚫기나 하련마는
命門에 불만 나니 더욱 燥鬱

　　　　　　　　　　　　－『신국풍』 3수 <소년> 3년 6권*

이 예문은 엇시조로 보기 쉬우나 의도적으로 4장으로 쓴 것이다.
춘원 이광수는 「백팔번뇌」의 발문에서 다음과 같이 밝히고 있다.

　　"六堂은 '유희(遊戲)이상의 時調'가 목표라고 밝히고 있다. 시조를
　국문학 중에 중요한 것으로 소개한 이가 육당이며 그 형식을 위하여
　새 생각을 가지고 시조를 처음 지은이가 육당이다.
　　육당의 시조집 「백팔번뇌」가 시조집 중에 효시로 세상에 나오게
　된 것은 극히 의미가 깊은 일이다."
　　이런 점을 미루어 볼 때 「백팔번뇌」는 현대시조의 기점이 된다고
　하겠다. 이 말을 굳이 하는 것은 우리 시조사(時調史)에서 최남선의
　역할이 그만큼 컸다는 점을 강조하고 싶어서 이다."

이 발문에서 보듯이 춘원 이광수는 『백팔번뇌』가 현대시조의 기점
(起點)이 된다고 했으니 구태여 고시조와 현대시조를 구분 짓는다면
『백팔번뇌』는 현대시조의 효시가 된다고 볼 수 있다.

----

*「한국개화기시가연구: 김영철」 149쪽.

그러므로 현대시조에서도 종장 후구 말미는 반드시 종결어미로 마감 되어야 한다는 것이 필자의 주장이다. 즉 정체성을 되살리는 길이 된다.

이처럼 개화기에 접어들면서 서구문화의 영향을 받아 많은 변화(진화)를 하게 된다.

고시조의 meme 중에서 몇 가지 특성이 새로 생겨나게 된다.

① 3장시조에서 4장시조로 변형을 시도하였다.(곧 소멸 됨. 정체성이 안 됨)
② 종장 말구를 명사 마감을 시도 하였다.(자유시 모방. 정체성이 안 됨)
③ 제목을 반드시 붙였다. (정체성이 됨)
④ 불특정 다수 즉 대중 매체를 이용했다.
⑤ 창에서 벗어나 문학으로 인식되기 시작했다.
⑥ 연시조가 유행했다.
⑦ 가명, 특히 아호를 많이 사용했다.
⑧ 시행의 배열을 새로 하여 시각적 효과를 높이려 했다.
⑨ 초장, 중장, 종장의 명칭을 사용하고 3행으로 썼다.(정체성이 됨)
⑩ 장과 구의 개념이 정립되었다. (정체성이 됨)
⑪ 세로쓰기에서 가로쓰기로 바뀌었다.(국문법)
⑫ 띄어쓰기가 시작되었다.(국문법)
⑬ 시조가 서구 사회에 알려지기 시작했다.

1. 장(章)의 명칭과 구(句)의 개념 정립

시조의 장과 구의 개념. 장(章)의 명칭에 대해 알아본다.

고시조에서는 3장의 구분이 없고 우에서 좌로 한줄 종서로 띄어쓰기 없이 썼다.

고시조는 제목이 없다. 그럼에도 <단심가>, <불굴가>, <충절가> 등등 작품의 제목처럼 사용되고 있는 것 또한 현실이다. 이는 아마도 가객들에 의해서 명명되었거나 후세 학자들의 필요에 의해서 생겨난 말이라 여겨진다. 이와 마찬가지로 장(章)이란 개념은 누가 최초로 사용했을까 하는 의문이 생긴다.

고시조 창법을 살펴보면 장(章)의 구분이 없고 창으로 부르기 때문에 초장을 두 개의 장으로 중장 전체를 한 장으로, 종장은 두 장으로, 총 5장으로 구분되어 있다.

김영철 교수의 다음과 같은 주장을 살펴볼 필요가 있다.

> "전통음곡인 가곡창과 신흥음곡인 시조창은 시조시형을 음곡에 얹어서 부르는 것과 같다, 그러나 가창곡에서는 5장으로 분장하되 초장 앞에 전주곡인 '대여음(大餘音)'이 있고 5장 끝에도 후주곡이라 할 대여곡이 있으며 3장과 4장 사이에 '중여음(中餘音) 이라는 간주곡이 있다. 그러나 시조창에서는 시조시형의 분장법을 그대로 따라서 3장으로 분장하여 부르고 대여음 종여음 간주곡이 따르지 않을 뿐더러 끝 어절은 생략하고 부르는 것도 가곡창과 다른 점이다.*"

---

* 김영철의 「한국개화기 시가연구」, 296쪽.

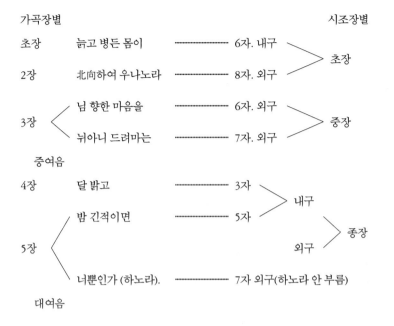

가곡장별			시조장별

초장   늙고 병든 몸이 ——————— 6자. 내구 ⌉
2장   北向하여 우나노라 ——————— 8자. 외구 ⌋ 초장

3장 ⌈ 님 향한 마음을 ——————— 6자. 외구 ⌉
     ⌊ 뉘아니 드려마는 ——————— 7자. 외구 ⌋ 중장

중여음

4장   달 밝고 ——————— 3자 ⌉ 내구
5장 ⌈ 밤 긴적이면 ——————— 5자 ⌋
     │   종장
     │   외구
     ⌊ 너뿐인가 (하노라). ——————— 7자 외구(하노라 안 부름)

대여음

위 예시에서 보듯이 고시조 창법에서 나타난 장의 의미는 지금 우리가 알고 있는 3장의 의미와는 차이가 있다. 즉 초장, 2장, 3장, 4자, 5장 등으로 명칭이 붙어 있다. 이는 시조문학에서 말하는 3장과는 완전히 그 뜻하는 바가 다르다.

안확은 「文章」 2권1호 1940.1.1. 발행된 "時調詩와 西洋詩"라는 글에서 다음과 같이 밝히고 있다.

"定平

시조시의 제일조건은 六句三章이라. 이 6구3장으로 조직된 것은 절대불변의 형식이니 이것이 시조시의 결정적 구성형식의 특성이라, 고로 詩된 本性의 율동律動 선율旋律* 화해和諧** 등 3법은 이 6구3장 내에 排列하여 있는 것이다.

초장: (7) 窓안에 혓는 燭불
　　　(8) 눌과 離別 하였관대

중장: (7) 겻트로 눈물지고
　　　(8) 속타는줄 모르는고

종장: (8) 저 燭불 날과같은줄
　　　(7) 어느누가 알세라

　서양시에 어떤 詩句던지 강음과 약음의 연속으로 일어나 음악적 결과가 되는 선율이 있다. 그리하여 시구의 강음약음은 정한 규칙적 리듬의 법칙에 따라 배열 하는 것이라. 그와 한가지로 시조시의 정형도 6구3장으로 組織함을 일정불변의 규칙으로 삼은 것이다."

　자산은 <시조시학>에서 장(章)에 대하여 다음과 같이 밝히고 있다.

　"시조 형식에 있어서도 1편을 3단으로 나누고 1단을 2행으로 나누어 전편(全編)이 6행으로 된 것이니 제1행에서 2행까지를 **초장**, 3행에서 4행까지를 **중장**, 5행에서 6행까지를 **종장**이라 한다."라고 밝히고 있다.

---

* 旋律: 음악의 기본 요소 가운데 하나. 소리의 높낮이가 길이나 리듬과 서로 어울려 이루어지는 음의 흐름.
** 和諧: 하모니(harmony).

시조를 음악이 아니라 문학으로 볼 때 장(章)과 구(句)의 개념은 안자산의 <시조시학>에서 처음 나타나고 있으며 장의 개념을 분명하게 밝히고 있다.

후세의 많은 학자들의 연구에 따르면 3장 6구라는 용어를 사용하였다. 그러나 모든 이가 그런 것은 아니다. 최남구는 종장을 "말장(末章)"이라 했고 조남형은 3장 6구(句)를 3장 "6조(調)"로 설명하고 있다.

장(章)이라는 개념이 학자들에 의해서 만들어지기는 했지만 학자에 따라 장을 장(章)이나 말(末), 구는 구(句)나 조(調) 등으로 그 명칭에 다른 이름을 붙인 것으로 보아 개념자체가 정립되지 못한 것으로 생각 된다. 그러나 현대에 와서 그 누구도 말(末), 조(調)라는 명칭을 사용하지 않고 장(章)과 구(句)라는 개념으로 정립되고 통일되었음을 알 수 있다. **따라서 장이라는 개념을 최초로 도입한 이는 안확으로 보아야 한다.** 물론 안확 역시 가곡의 "초장"에서 그 개념을 차용한 것으로 보이기는 하지만 시조에서 초, 중, 종 장의 개념을 도입한 이는 안확이 처음이다.

구(句)의 개념도 안확이 처음 사용하였다. 물론 이 개념에 의해 시조를 창작한 분들은 최남선을 비롯하여 많은 사람이 있지만 그들은 장이나 구의 개념에 대한 이론을 알고는 있었겠으나 시조창작 이론서를 발표한 근거가 남아 있지 않음은 참으로 유감이다.

2. 행갈이(시행 바꾸기)가 사용된 시기

분장법(分章法)은 **최남선**에 의해 처음 시도 되었다고 본다. 그 이유는 안확과 비슷한 시기에 시조를 창작하였고 1926년 그가 발표한 「백팔번뇌」가 기록상으로는 안확의 「시조시학;1940」보다 훨씬 앞서기 때문이다. 연대순으로 단순 비교만 하면 최남선의 작품이 앞서기 때문이다. 안확은 장 하나를 분장하지 않고 3행(行)으로 썼으나 최남선은 장 하나를 분장하여 두 구씩 묶어 하나의 장을 만들었다.

물론 최남선도 처음부터 이러한 분장 법을 적용한 것 같지는 않다.

1907년 3월 <대한유학생회보>에 실린 최남선의 국풍 4수종 첫수를 보면 분장 없이 한 줄로 썼다.

"세월아가지마라롯틸내아니더라네발로너가는걸가거니말거니
뉘라서알이마는가는길에나하따라가나니그를설워"

－樂天子*

그러나 최남선은 첫 시조집 「백팔번뇌; 1926년」에서 두 구씩 배열하되 장과 장은 한 줄 띄고 우에서 좌로 종서(세로)를 했다.

이를 미루어 볼 때 장(章) 구(句)의 개념을 처음 도입한 사람은 안확이고 행갈이를 한 사람은 최남선이다. 그러나 옛 글의 영향을 받아 우에서 좌로 두 줄씩 분장하였다.

당시에는 국문법이라는 개념이 정립되지 못했기 때문에 우에서 좌로 종서 쓰기를 한 것으로 보인다.

* 낙천자는 최남선의 별호

3. 연작시조가 나타난 시기

고시조에서는 윤선도의 오우가, 이석탄의 사우가, 이황의 도산십이곡, 이이의 고산구곡가, 맹사성의 강호사시가, 정철의 훈민가 등 연작형태의 작품이 보이기는 하지만 주제 하나를 가지고 두수 이상 짓는 개화기 이후의 연시조와는 그 결이 완전히 다르다.

오우가는 다섯 수로 된 연작으로 시의 주체가 첫 수는 5우(五友) 소개와 더불어 물, 바위, 소나무, 대나무이고 사우가는 소나무, 국화, 매화, 대나무가 주제이며 도산십이곡은 제1곡부터 12곡까지 자연의 다른 경치가 주제이고, 고산구곡가 역시 제1곡부터9곡까지 바위나 경치를 주제로 한 작품이고 강호사시가 역시 사계절을, 훈민가는 총 16수로 된 연작으로 시적 대상이 효와 충, 부부, 형제애 등등 삶이 살아가면서 지켜야 할 인간의 도리를 주제로 삼은 연작이다.

강호사시가(江湖四時歌) — 맹사성(孟思誠)

강호(江湖)에 봄이 드니 미친 흥이 절로 난다.
탁료(濁醪) 계변(溪邊)에 금린어(錦鱗魚) 안주로다.
이몸이 한가하옴도 역군은(亦君恩)이샷다.

강호에 여름이 드니 초당(草堂)에 일이 없다.
유신(有信)한 강파(江波)는 보내느니 바람이로다.
이몸이 서늘하옴도 역군은이샷다.

강호에 가을이 드니 고기마다 살쪄 있다.
소정(小艇)에 그물 실어 흘리띄워 던져두고
이몸이 소일(消日)하옴도 역군이샷다.

강호에 겨울이 드니 눈 깊이 자이 남다.
삿갓 비끼 쓰고 누역으로 옷을 삼아
이몸이 춥지 아니 하옴도 역군은이샷다.

오우가－윤선도

내 벗이 몇이나 하니 수석과 송죽이라
동산에 달 오르니 긔 더욱 반갑고야
두어라 이 다섯 밖에 또 더하여 무엇하리.

구름빛이 좋다하나 검기를 자로 한다
바람 소리 맑다하나 그칠 적이 하노매라
좋고도 그칠 뉘 없기는 물뿐인가 하노라.

꽃은 무슨 일로 피면서 수이지고
풀은 어이하여 푸르는 듯 누르나니
아마도 변치 아닐 쏜 바위뿐인가 하노라.

더우면 꽃 피고 추우면 잎 지거늘
솔아 너는 어찌 눈서리를 모르는다
구천에 뿌리 곧은 줄을 글로 하여 아노라.

나무도 아닌 것이 풀도 아닌 것이
곧기는 뉘 시키며 속은 어이 비였는다
저렇게 사시에 푸르니 그를 좋아하노라

작은 것이 높이 떠서 만물을 다 비추니
밤중에 광명이 너만 하니 또 있느냐
보고도 말 아니하니 내 벗인가 하노라.

이처럼 고시조에 나타난 연시조 모양은 각 수마다 시적 대상이 독립적으로 요즘 우리가 짓고 있는 연시조와는 그 성격이 완전히 다르다.

현대의 연작시조로는 다음과 같이 지은 것이다. 즉 제목을 <사계절>로 하고 첫수 '봄', 둘째 수 '여름' 셋째 수 '가을' 넷째 수 '겨울'로 하였다면 이런 형태가 연작에 해당한다.

현재의 연시조는 그 기원이 개화기부터이다.

<한국개화기시조 연구; 김영철>에 의하면 다음과 같이 말하고 있다.

"연작시조의 형태가 나타난 것은 육당의 <소년>지에서 두드러
지게 나타난다. 그의 작품집 <백팔번뇌>를 보면 대다수의 작품들
이 연시조의 형태이다."

즉 하나의 주제를 두고 한 수 이상의 단시조가 모여 연시조 형태를 만들고 있다.

개화기에는 요즘처럼 하나의 주제 하에 단시조를 짓는 형태의 글이 유행했다. 고시조에서 단시조 위주로 작품을 지었다면 개화기에는 연

시조가 많은데 이는 서양의 자유시 영향이 아닌가 한다. 사라져가는 우리의 노래 시조를 부흥시키기 위한 최남선의 업적은 대단하다. 개화기라는 시대적 흐름에 맞추어 현대시조의 기틀을 마련한 분임에 틀림없다. 이러한 노력에도 불구하고 시조에 관한 그분의 논문이나 창작이론서가 아직 발견되지 못하고 있는 점은 참으로 불행하고 유감스러운 일이다. 시조인의 눈으로 본 최남선은 현대시조의 문을 연 분이기는 하나 시조만을 연구하고 시조작품만을 발표한 시조인 이라기보다 민중의 눈을 뜨게 한 개화기의 계몽가요, 사상가이며 근대문학의 선구자로 보아야 할 것이다.

시조는 45자 내외의 짧은 글에 화자의 사상과 철학을 담아내는 문학
이므로 문장이 간결해야 하고 글 속에 많은 뜻이 함축(含蓄)되어야 하
며 비유를 통하여 추상적인 사실이나 생각, 느낌 따위를 구체적인 언어
로 나타내야 한다.

1. 간결성(簡潔性)

간결성이라 함은 말 그대로 문장(글)이 군더더기 없이 간결해야 한다
는 의미이다.

불필요한 조사의 생략은 물론이고 시어를 선택함에 있어서도 가장

마음에 와 닿으며 의미의 전달이 확실하고 독자에게는 감동을 주는 감성적 시어를 찾아 써야 한다. 일사일언(一事一言)을 찾아내야 한다는 말이다. 하나의 사물을 나타낼 수 있는 가장 정확한 말은 하나라는 의미로, 프랑스의 사실주의 창시자로 불리는 플로베르가 주장한 말이다. 특히 시조는 화자의 사상과 감정이 언어(글)의 힘을 빌려 그 존재가치를 인정받는 문학이다. 같은 어휘의 반복, 의미가 비슷한 동의어 사용, 또는 각 장에서 반복 사용되거나 설명문, 묘사문 등은 간결성을 상실한 것으로 긴장감을 와해시킨다.

예문을 본다.

① 분홍비/***

벗이요 그대는요 비오는 날에만은
분홍옷 분홍우산 분홍옷 분홍구두
분홍옷 분홍구두를 두드리는가 분홍비

② 햇보리/***

햇보리 한 자루를 동생이 차에 얹네
뙤약볕에 김매고 거름주며 땀 밴 햇보리
배곯던 보릿고개에 허기 채운 그 보리

예문 ①은 '분홍'이란 시어가 8회나 반복된다. ②는 '보리'와 관련 된 시어가 5회 반복된다. 지나치게 여러 번 반복 되어 긴장감을 떨어뜨리고 지루하게 만든다.

불필요한 조사의 사용, 설명 같은 연문(衍文: 군더더기 말)은 과감히 없애야 한다. 그러나 지나치게 생략하다보면 문맥이 통하지 않게 되므로 알맞은 조절이 필요하다.

③ 목격/김광수(첫 수)

부서진 벽돌 조각 증언처럼 널린 비탈
통곡마저 허물어진 참담한 폐허에 남아
실의로 아픈 일상을 꽃피우는 저 봉선화.

이 예문은 조사의 생략을 적절히 하여 간결할 뿐 아니라 독자에게 전하는 이미지가 더 강렬하게 다가온다.

④ 봄날, 서성이다/***

봄날
실오리 햇살
꽃잎
무지 아린
뇌신경
씨줄 날줄 팽팽히 당기며

그 사월
함께 걸었던 길섶을 서성이는

이 작품의 초장 중장은 조사나 연결어미 또는 한 소절을 통째로 생략하여 이상한 작품을 만들고 있다. 우선 초장은 "봄날에는 실오리 햇살도/꽃잎은 무지 아리다.//"를 음수에 맞추려고 너무 많이 생략한 경우이다.

중장도 "뇌신경 같은 씨줄날줄이/ 팽팽히 당기며 //"일 것이다. 역시 지나치게 생략을 많이 한 경우다. 이런 경우에는 문장 구성을 새로 해야 하고 비유를 도입해야 한다.

이 간결성을 위한 조사 용법에 대해 알아본다.

조사는 체언에 붙어 다음에 오는 말과의 관계를 나타내거나 뜻을 분명히 해주는 역할을 한다. 조사는 격변화로 나타나며 체언의 격(格)을 나타낸다. 즉 책+이=주격조사, 책+을=목적격조사, 책+에서=처소격조사가 된다. 조사는 낱말에 격을 부여하고 의미를 제한 또는 확장하는 역할뿐 아니라 조사의 사용과 생략에 따라 생기는 운율도 다르게 된다.

조사의 생략은 문장을 간결하게 만든다.

그러면 어느 경우에 생략 가능한 것일까?

첫째 체언의 자격이 분명할 때 가능하다. 예를 들면 '한이 맺힌 인생길에'서 주격 조사 '―이'는 생략해도 의미에 전혀 지장을 주지 않는다.

한이 맺힌 인생길에 → 한 맺힌 인생길에

둘째 서술격 조사는 생략이 어렵다.

예를 들면 '영혼을 치는 맑은 소리가 난다.'에서 '―다'는 생략이 안된다.

영혼을 치는 맑은 소리가 난타 → 영혼을 치는 맑은 소리가 난

셋째 부사격 조사 중에서 '-로, -라고, -어, -에게' 등은 생략이 어렵다. 예를 들면 '뽕나무 밭이 바다<u>로</u> 변했다.'에서 '바다로'의 '-로'는 생략이 어렵다.

뽕나무 밭이 바다로 변했다. → 뽕나무 밭이 바다 변했다.

'강도에게 돈을 털렸다.'에서 '-에게' 역시 생략이 어렵다. 만약 생략을 하게 되면 전혀 다른 의미의 문장이 된다. 강도가 털린다는 의미가 된다.

강도에게 돈을 털렸다. → 강도 돈을 털렸다.

'친구한테서 받았다.'에서 '-한테서' 역시 생략이 힘들다.

친구한테서 받았다. → 친구 받았다.

넷째 보격 조사는 생략 가능하다.

나는 어른어 아니다. → 나는 어른 아니다.

다섯째 기타 생략을 할 경우 문장이 어색해 지거나 의미가 달라지면 생략 할 수 없다.

예문① 생략을 하지 말아야 할 경우

　　빈 들판 베어낸 벼 포기 자국마다
　　우새두새 물안개 치맛자락 흩날리네
　　함부로 문드러지며 몸을 꼬는 햇살 더미

초장을 보면 '빈 들판에'에서 '에'를 생략한 경우인데 이때는 '빈 들판
을 베어냈다.'라는 의미가 된다.

예문② 생략을 해야 할 경우

　　해 뜨면 수면 올라 가부좌를 틀고 앉아
　　몸으로 팔만 사천 외우던 그 뜻 찾아
　　긴 하오 입을 다문 채 좌선에 든 정적

　　　　　　　　　　　　　　　　　　　　　　　　　　　－수련/***

'가부좌를'에서 목적격 조사 '－를'은 생략하여 간결성을 유지 할 수
있다.

'수면에 올라'에서 처격조사 '－에'를 생략한 것과 같다.

종장의 경우 후구 말미를 '정적'으로 끝냈는데 이보다는 조사를 생략
하지 않는 것이 더 좋다. '정적'은 품사 중 하나인 명사이고 '정적이'하
면 주어가 된다. 글은 품사의 나열이 아니라 말마디(소절)로 이루어지
는 어법(語法)을 따라야 한다.

간결성을 만드는 요인은 함축과 상징(비유) 그리고 불필요한 말의 생
략을 통하여 이루어진다.

2. 함축성(含蓄性)

함축성이라 함은 작품 속에 많은 뜻을 집약하여야 함을 말한다.

예술(문학)로서의 시조는 사전적 또는 일상적 언어가 아닌 새로운 의미를 내포한 시어를 사용하게 되고 이런 시어의 사용은 화자가 새로운 의미를 부여하려는 욕구가 들어 있게 되는 데 이때 화자는 비유라는 시어를 사용하고 그 의미를 함축적으로 담아내려한다. 특히 문학에서 요구받고 있는 이 함축성은 새롭고 개성 있는 의미를 내포하게 되므로 새 생명력을 생겨나게 만든다. 일상적으로 사용하는 언어와는 달리 시인의 언어(문학의 언어)는 다양한 해석으로 많은 의미를 내포하게 된다.

함축성은 비유와 상징으로 만들어 진다. 시조에서 함축성이 결여되는 것은 생명력이 없는 죽은 예술이다. 설명문이나 묘사문으로 된 작품은 함축성이 결여되어 있는 경우가 대부분이다.

① 월드컵 열기/*** (첫 수)

나라를 위하는 맘 너도 나도 한 마음이라
한 핏줄 열풍 펴져 모든 오신 모인 사람들
천지가 흥분 속에서 어려움을 이겨 냈다.

이 예문에서는 '너도 나도' '맘' '모든 오신 모인' 같은 불필요한 말이 반복되었을 뿐 아니라 그 의미가 함축적이지 못하다.

② 위산과다/***

필요이상 산이 많이 나오는 위산과다는
세가지 증세로 신호를 보내온다
속 쓰림 더부룩한 속, 신트림이 나온다.

이 예문 역시 '위산과다'를 설명하는 글이다. 화자가 무엇을 말하고
자 하는지 알 수 없는 글이다.

③ 초승달/김사균

깎아서 버린 손톱 푸르게 날이 섰다.
작살로 역사를 잡던 서녘하늘 썰고 있다.
사초(史草)를 고쳐 쓰는 아픔에 저리도 패인 가슴.

문장이 아주 함축적이며 화자의 사상과 철학이 배어있다. 독자에게
강렬한 인상을 준다.

3. 상징성(象徵性)

상징이라 함은 추상적인 생각이나 느낌 따위를 대표성을 띤 기호나
구체적 사물로 나타내는 것을 말한다. 예를 들면 '충성'이라는 추상적
의미를 '거수경례'라는 구체적 신호의 말로, '대한민국'을 '태극기'로,
'결혼'을 '반지'로 대신하는 방법이다. 인간은 상징을 활용하여 어떤 의

미를 부여하려는 경향이 있다. 즉 대표성을 띤 기호를 매개로 하여 다른 의미를 부여하는 역할을 하게 한다. 이러한 상징 역시 문학에서 함축성과 간결성을 만드는 필수 요건이 된다.

① 고시조
　　엊그제 버힌 솔이 낙락장송 아니던가
　　작은덧 두던들 동량재 되러르니
　　어즈버 명당이 기울면 어느 남기 바치리
　　　　　　　　　　　　　　　　　　　　　　-김인후

이 예문에서 '솔' '낙락장송' '명당' '기울다' '받치다' 등의 시어가 상징성을 갖는다.

② 현대시조
　　황소 머물다가 배설하고 돌아선 자리
　　쇠똥구리 말똥구리가 좌우로 편을 갈라
　　한 덩이 분구(糞)를 들고 서로 엉켜 물고 뜯는다.
　　　　　　　　　　　　　　　　　　　-김광수의 <상황(狀況)>

이 예문에서 상징적으로 쓰인 시어는 '황소' '돌아서다.' '쇠똥구리 말똥구리', '좌우' '분구.' '물고 뜯다.' 같은 시어가 상징성을 갖는다.

간결성, 함축성, 상징성은 모두 비유를 통해 이루어진다. '함축성'이 비유로 사용된 개개의 시어들이라면 '상징성은' 글 전체를 통한 메시지의 의미까지도 포함한다.

　시조의 아름다움(美), 즉 우아미(우아한 기품), 비장미(고뇌하는 감정), 골계미(풍자와 해학), 숭고미(고귀함), 절제미(간결과 압축), 긴장미(시상의 전개), 균제미(정형의 미), 완결미(화자의 사상 철학) 등은 모두 위에서 언급한 시조의 특징 세 가지 속에 다 들어 있게 되므로 시조 창작 시 상당한 주의와 세심한 용어 선택을 하여야 한다.

1. 시조 운율 만들기

정형시조의 가락은 자수율에 의하여 이루어지며 호흡과 깊은 관계가 있다. 주어진 가락에 호흡이 자연스럽게 맞아 떨어질 때가 운율이 생겨나는 시점이 된다.

① 동일한 통사구조에 의한 운율

예: 별 하나의 추억과

별 하나의 사랑과

별 하나의 쓸쓸한

별 하나의 동경과......

－윤동주의 "별 하나의 추억"

② 같은 음수 또는 같은 소절의 반복

    예: (3.4,3.4) 성불사 깊은 밤에 그윽한 풍경소리

        (3.4,4.4) 주승은 잠이 들고 객이 홀로 듣는 구나

        (3.5,4.3) 저 손아 마저 잠들어 혼자 울게 하여라

                                    ─이은상의 "성불사의 밤"

③ 동일한 음절의 반복

    예: 청산에 부흰 빗발 긔 엇디 날 소기난

        되롱 갓망 누역아 너는 어디 날 소기난

        엊그제 비단 옷 버스니 덜믈 거시 없어라

                                    ─정철 "송강가사"

④ 동일한 낱말의 반복

    예: 알맞고도 알맞아

        알맞게도 알맞다.

        알맞지 않은 것이

        하나 없이 알맞다.

        몸과 맘

        안팎 둘레가

        어김없이 알맞다.

                                    ─장순하의 "알맞다"

⑤ 동일한 통사구조로 만든 운율

    예: 공명도 니젓노라 부귀도 니젓노라

        세상 번우한 일 다 주어 니젓노라

        내 몸을 내마저 니즈니 남이 아니 니즈랴

                                ─김광욱(청구영언)

⑥ 시행의 반복으로 만든 운율

　예: 압개에 안개 것도 뒫뢰회 해 비췬다.

　　　배떠라 배떠라

　　　밤불은 거의 디고 낟믈이 미려온다

　　　지국총 지국총 어사와

　　　강촌 온갖 고지 먼 빗치 더욱 됴타

　　　　　　　　　　　　　　　　　—윤선도의 '어부사시사'

　예: 가다가 올지라도 오다가 가지마소

　　　뮈다가 괼지라도 피다가란 뮈지마소

　　　뮈거나 괴거나 즁에 자고 갈까 하노라

　　　　　　　　　　　　　　　　　—작자미상

2. 음위율

　음위율(音位律)이란 시(詩)에서 일정한 위치에 일정한 음을 규칙적으로 반복하여 만드는 운율이다.

　압운(押韻)이란 시가(詩歌)에서 시행의 처음, 중간, 끝 중 어느 한 곳에 같은 운을 규칙적으로 나타내는 것으로 두운(頭韻), 요운(腰韻), 각운(脚韻)이라 한다.

　① 두운: 시가에서 행의 첫 머리에 같은 운의 글자를 두는 일

　　예문: 흰 수건이 검은 머리를 두르고

　　　　 흰 고무신이 거친 발에 걸리우다

흰 저고리 치마가 슬픈 몸짓을 가리고
흰 띠가 가는 허리를 질끈 동이다.

—윤동주의 "슬픈 족속"

시조 예문: 늦은 가을 편지
늦은 밤에 느리게 쓴다.

늦은 인연 그대에게
늦게 늦게 닿으라고

다음 생
다음 생에는 늦게까지 영원하라고.

—하순희의 "늦은 인연에게"

가끔은 적시고픈 목마른 땅이 있다.
가끔은 뇌성으로 깨우고픈 사람이 있다.
가끔은 번개를 놓아 밝히고픈 하늘이 있다.

—홍성윤의 "장마"

② 요운: 요운은 정형시에서 중간(허리)에 운율의 규칙을 맞추는 것이다.
예문: 파도야 어쩌란 말이냐
파도야 어쩌란 말이냐
임은 물같이 까딱 않는데
파도야 어쩌란 말이냐
날 어쩌란 말이냐.

—유치환의 "그리움"

시조 예문: 내 초년 무쇠 <u>종은</u> 새벽 깨워 천당 천당

　　　　　내 중년 스피커 <u>종은</u> 세상 깨워 구원 구원

　　　　　내 말년 벙어리 <u>종은</u> 영을 깨워 사랑, 사랑.

　　　　　　　　　　　　　　　　　－김상은의 "벙어리 종"

③ 각운: 운율을 강조하기 위해 운문의 시행 끝에 같은 글자로 배치하는 것

예문③－1

그 꽃은 작은 싸리꽃 아 산들한 <u>가을이었다.</u>

봄여름 가리지 않고 언제나 <u>가을이었다.</u>

말라서 바스러져도 향기 남은 <u>가을이었다.</u>

　　　　　　　　　　　　　　　　　－김상옥의 "싸리꽃"

③－2

아, 폭설/***

이슥토록 소리 없이 눈 못 뜨게 퍼부을 줄

분별, 경계 다 지운 한 폭의 그림일 줄

에돌던 응시의 여운 서려있는 춤사위 줄

③－3

바다열차/***

파도는 흰 깃털을 살짝 내비치다가

달리는 말굽으로 한참을 출렁이다가

갈기를 휘날리다가,

소용돌이치다가,

　예문 ③−1이나 ③−2, ③−3는 모두 다 각운을 둔 작품이지만 ③
−1은 시제가 과거형이고 ③−2는 종결이 안 된 진행형의 미완성 작품
이다. ③−3종장의 소절이 셋이다.
　'소용돌이치다가'를 4.3으로 보았지만 이 어휘는 하나의 낱말이다.

제5절

현대시조의 창작법

1. 시조 형식 및 문장 구성법

(사)한국시조협회에서 발표한 현대시조의 외형적 정체성은 다음과 같다. 아주 간단한 설명으로 누구나 시조 창작을 쉽게 할 수 있도록 고안되었다.

그러나 외형적 형식에 중점을 두었을 뿐 내적 문장 구성에 있어서는 특별히 언급된 바가 없으므로 향후 이를 재정립해야 할 것이다.

따라서 "시조의 내적 짜임새"에 관하여는 고시조의 문장구조(정체성)를 분석하여 만든 것임을 밝힌다.

1) 시조의 외적 형식

① 음절 수(글자 수)

초장 ; 3,4/4,4

중장 ; 3,4/4,4

종장 ; 3,6/4,3   * 빗금(/) 표시는 구(句)를 나타냄

② 종장 첫 소절(마디) **3자는 독립적 어휘로 고정된다.**

③ 종장 첫 소절을 제외한 다른 소절의 음수는 ±1이 가능하다.

④ 종장 둘째 소절은 5~7자를 허용한다.(고시조의 약93%)

⑤ 총 음수는 45자 내외(43－47자 주류를 이룸)이다.

⑥ 소절수는 12소절(의미가 발생하는 작은 단위)이다.

⑦ 하나의 구는 두 소절로 되어 있다.

⑧ 장은 두 개의 구(前句와 後句)로 만들어진 의미의 완결 단위이다.

⑨ 평시조 한편은 3장으로 이루어진다.

 *시조는 장(章), 시는 행(行)이라 부름.

 *고시조는 음악에서 5장으로 분류하였음.

⑩ 단시조는 수(首) 또는 편(篇)이라 한다

⑪ 연시조는 聯時調가 아니라 **連時調**라 한다.

소절(小節), 구(句), 장(章)을 도식화 하면 다음과 같다.

성불사의 밤/이은상

초장: 성불사 깊은 밤에/ 그윽한 풍경소리

    소절   소절   소절 소절   소절 4

    구(句)   구(句)   구(句) 2

        장(章)   장(章) 1 음수 14

중장: 주승은 잠이 들고/객이 홀로 듣는 구나

    소절   소절   소절   소절   소절 4

    구(句)   구(句)   구(句) 2

        장(章)   장(章) 1 음수 15

종장: 저 손아 마저 잠들어 혼자 울게 하여라

    소절   소절   소절 소절   소절 4

    구(句)   구(句)   구(句) 2

        장(章)   장(章) 1 음수 15

*시조 한 편은 3장 6구 12소절로 이루어진다. 총 음수 44자

2) 시조의 내적 짜임새

① 소절(小節), 구(句)는 의미 단위로 만들어진다.

② 각 장(章)은 독립성, 연결성, 완결성을 유지한다.

③ 각 소절, 구의 말미는 조사나 연결어미로 연결성을 유지한다.

④ 종장 첫 소절 3자는 독립적 의미를 지녀야 한다.

⑤ 종장 말미는 현재형 종결어미로 마감해야 한다.

⑥ 초장, 중장 후구의 말미를 관형어로 마감하지 않는다.

⑦ 제목을 달아야 한다.

2. 형상화하기

1) 형상화의 개념

어떤 시(詩)적 대상을 보고 감흥이 일어날 때 머릿속에 그려지는 그림이라 할 수 있다. 머릿속에 그려지는 생각을 글로 표현할 때 그 시적 대상의 외형적 설명이나 묘사를 일상어로 하면 시조형식을 잘 유지했다 해도 시조로 보기 어렵고 은유적인 표현을 하여 시적인 맛을 내게 되어야만 비로소 시조라 할 수 있다. 은유적 표현은 대상을 간접적이며 암시적으로 나타낼 수 있기에, 상대에게 시의 대상을 낯설게 하고 강렬한 인상으로 전달할 수 있게 된다.

사전적 의미로 보면 형상화란 "형체가 분명하지 않은 추상적 본질 따위를 어떤 매체를 통하여 구체적이고 뚜렷한 현상으로 나타내는 것으로 작가의 의도에 따라 예술적으로 재창조하는 일"을 말한다. 형상화는 추상적 세계를 더욱 실감나게 만들기 위해 현실 세계에 존재하는 구체적 사물로 바꾸어 표현하는 과정이다. 즉, 원관념과 보조관념을 사용하는 것이 일반적이다. (제2장 수사법 참조)

이 형상화를 통하여 이미지가 생겨나고 그 수단(手段)으로서 오감을 동원하게 된다.

2) 형상화 과정

김재홍의 <한국 현대시 은유형태>*에 의하면 기본 형태를 다음과 같이 분류하고 있다.

① 구상(具象)에서 → 구상(具象)으로

예: 내 침실이 부활의 동굴임을<이상화의 나의 침실>

침실 → 동굴

② 추상(抽象)에서 → 구상(具象)으로

예: 나의 본적은 거대한 계곡이다.<김종삼의 나의 본적>

본적 → 계곡

③ 추상(抽象)에서 → 추상(抽象)으로

예: 인생은 하나의 희사(喜捨)<김남조의 낙엽은 쌓여라>

인생 → 희사

④ 구상(具象)에서 → 추상(抽象)으로

예: 광화문은 차라리 한 채의 소슬한 종교<서정주의 광화문에서>

광화문 → 종교

시조는 언어의 예술인데 체험이나 경험에 상상력을 동원하여 미학적(美學的)인 형상화를 하게 되고 이때 "**형상화 시킬 수단**"을 찾게 되는데 이 "**수단이 바로 이미지**"라고 에즈라 파운드는 말한 바 있다. 그러면 이런 수단을 어디서 찾아내어 적용할 것인가?

우리는 형상화 과정에서 대개 4개의 비밀 창고 문을 열어야 시의 자재를 발견할 수 있고 표현에 알맞은 시어(一事一言)를 꺼내 쓰거나 새

---

* <한국현대시 은유형태 분석론> 김재홍 저『時論』76쪽.

로 만들어 쓸 수 있게 된다. 즉, 두 개 이상의 자재(시어)를 새로 조립 또는 결합시켜 새로운 이미지 창출 내는 것이다.

첫째는 정신적 이미지이다. 시각, 청각, 후각, 미각, 촉각, 공감각적인 것이다.

둘째는 비유적 이미지이다. 은유가 이에 속한다.

　　예: 빛 → 희망, 어둠 → 절망, 칼 → 무력

셋째는 상징적 이미지이다. symbol이다.

　　예: 태극기 → 대한민국, 비둘기 → 평화, 비너스 → 美,
　　　　거수경례 → 충성심, 반지 → 결혼, 상아탑 → 대학교

넷째는 언어의 새로운 조합으로 만들어진 이미지이다.

　　예: "굴러가는 돌멩이" → "땅을 치는 조약돌"
　　　　"새소리를 듣는다." → "떨어지는 새소리를 밟는다."
　　　　"지붕에 구멍이 나다." → "별빛이 들어오는 길목."

상징과 은유는 다 같은 비유이면서도 분명한 차이가 있다.

상징은 한 마디로 두 사물 간에 직접적인 연관성이나 유사성이 없이 만들어진 것이거나 과거 경험의 결과로 얻어진 것이고, **은유는** 두 사물 간에 공통적으로 인식된 것이거나, 유사성이 있는 것이다.

위 여러 가지 이미지 만들기 중에서 첫째부터 셋째까지는 인류가 시를 쓰게 된 이래로 무수한 시인들에 의해서 아름다운 시어들이 만들어

져 왔다. 시는 비유라는 관념에 사로잡혀 있기 때문에 오히려 비유의 남용이나 오용을 가져 오게 된(catachresis) 경우도 허다하다. 그러나 넷째 방식은 누구나 어렵지 않게 얼마든지 새로운 언의 조합을 만들어 쓸 수 있으며, 독자에게 상큼한 맛을 느끼게 만든다. 즉 신선한 느낌으로 다가가게 된다.

3) 형상화의 올바른 이해

형상화가 머릿속에 그려지는 그림 또는 느낌이라고 할 때 무조건 모두 형상화 했다고 보기는 어렵다. 그림을 가지고 설명해 보면 정물화와 추상화 그리고 사진을 가지고 설명을 해 본다. 다 아는 이야기지만 정물화는 움직이지 않는 물체를 사실적으로 재현하는 그림이고, 추상화는 가시적 현상을 재현하는 방식을 벗어나 점, 선, 면, 색채 등으로 중요한 특징을 그려내는 그림으로 화가의 정신세계가 들어간다고 본다.

사진은 광학적 방법으로 감광 재료에 박아낸 물체의 상(象)이다.

시조에서 형상화 방법은 추상에 가깝지만 추상적 그림을 구체성 있는 비유를 통하여 화자의 사상이나, 결의를 글로 표현해 놓은 것이다. 즉 피사체(被寫體)를 끌어들여 추상적 그림을 해석하는 과정이라고 볼 수 있다.

시조에서 재료로 쓰는 구체적 사물은 본래 지니고 있는 의미와는 전혀 관계가 없는 즉 원관념을 숨긴 보조관념으로 쓰이게 된다. 예를 들어 '길을 가는데 예쁜 장미가 눈에 들어왔다.'라고 한다면 이때 장미는 보조관념이고 원관념은 여자이다. "그녀의 목에는 꾀꼬리가 산다."라고 하면 이때 사용한 "꾀꼬리"는 명사이지만 "곱다, 예쁘다"라는 은유적 표현을 하는 용언의 구실처럼 이해된다. 비유법에서는 종종 원관념을 감추고 보조관념만을 내세우게 된다. 또 우리가 잘 아는 "내 마음은 호수다."라는 표현에서는 원관념(마음)과 보조관념(호수)이 함께 나타나 있다.

3. 문장 성분

문장 성분이란 문장을 구성하면서 일정한 구실을 하는 요소들을 말한다.

하나의 문장을 만들기 위해서는 여러 요소, 즉 주어, 서술어, 목적어, 보어, 관형어, 부사어, 독립어 따위가 필요하다. 문장을 이루는 필수성분을 주성분이라 하고 주어 서술어 목적어 보어가 이에 속한다. 주성분을 꾸며주는 역할을 하는 문장성분을 부속성분이라 하며 관형어, 부사어가 있다. 또 본문의 문장과 독립적으로 쓰이는 독립어와 감탄사가 있다. 주어는 주체가 되는 성분이며 서술어는 상태나 성질을 나타내는 성분이다. 문장 성분을 이해해야만 작품이 매끄럽게 연결되고 예술성이 높아진다.

문장에는 여러 성분이 있으나 여기서는 꼭 알아두어야 할 몇 가지만 정리하여 본 교재에서 사용하는 용어의 이해를 돕고자 한다. 문장은 주어와 술어로 크게 나눌 수 있다. 즉 주체적 역할을 하는 말과 서술해 주는 말이 필요하다.

시조(時調) 역시 감성이 수반된 짧은 문장으로 말마디를 막힘없이 잘 흐르게 하고 화자가 숨겨둔 행간의 의미를 배가시키기 위해서, 또 화자와 독자 간의 심적 소통을 원활이 하고 어법과 문장의 호응이 잘 이루어지게 하려면 적어도 몇 가지 기초적 지식과 문장 성분에 대한 이해가 필요하다.

시나 시조는 비유라는 특성 때문에 원 관념을 숨기는 것이 일반화 된 문장으로 주어(주체적 역할)가 반드시 나타나야 하는 것은 아니다. 이미지화 하거나 행간에 메시지를 숨긴 은유적 표현으로 하여 시적 매력을 배가시킨다. 이런 점들이 시조작품에서 나타나는 일반 문장과의 차이 이다.

현대 시조는 자유시 문학 장르와 차별화되는 시(詩)의 구조적 특성을 지니고 있으나 어느 정도 기초적인 문법은 준수해야 된다고 생각한다. 맞춤법은 물론이고 문장부호의 사용도 불필요한 것이 아니라 작품을 더욱 깔끔하게 만들고 독자와의 소통을 쉽게 만들어 주는 것이다. 어법에 안 맞는 글은 소통을 방해한다. 시조는 품격 있는 문학 장르로 이와 같은 용어의 이해가 없다 해도 시조를 짓는데 별 문제는 없겠으나 알아둔다면 더욱 깔끔한 작품을 생산할 수 있을 것이다. 고시조는 문장의 짜임새가 아주 유연하다. 즉 문장 성분이 적절하게 제자리를 유지하고 있는 것이 특징이다.

말(언어)에도 일정한 질서가 유지됨이 필요하며 어법에 맞아야 한다. 글은 글쓴이의 향기로운 마음이니만큼 더욱 질서를 지킨 선비 같은 품위를 요구 받는다.

현대 시조의 정체성은 고시조로부터 물려받은 내·외형적 meme를 유지하는 것이며 현대인이 어법에 맞게 예술성을 창조하는 것이다.

1) 체언(體言)

체언은 문장에서 조사의 도움을 받아 주체적 구실을 하게 되며 명사, 대명사, 수사를 말하는 것으로 활용을 하지 않으며, 취하는 조사에 따라 주어, 목적어, 보어, 서술어가 될 뿐 아니라 부사어, 관형어, 독립어가 되기도 한다.

"물"이라는 명사가 문장 안에서 하는 역할을 예로 들면

> 주어; 물이 흘러간다.
> 목적어; 물을 먹어야 산다.
> 보어; 얼음이 녹으면 물이 된다.
> 서술어; 이것은 물이다.
> 관형어; 물의 성분은 수소와 산소의 결합이다.
> 부사어; 물에 헹궈라.
> 독립어; 강물아, 쉬어 가렴.

참고로 주격 조사 "이(가)"와 보조사 "은(는)의 차이를 보면 같은 말 같지만 분명한 차이가 있다.

'인생은 짧고 예술은 길다.'라는 문장에서 '—은'은 보조사이다.

주격조사 '이(가)'는 주어에만 붙고 보조사 '은(는)'은 주어 목적어 부

사어 등에 붙는다. 예를 들면 '오늘은 날씨가 춥다.' '이 책은 친구가 주었다.' '가끔은 쉬어라' 등등

보조사 '은(는)'의 용법을 보면

① 어떤 대상이 대조됨을 나타낼 때.

예: 예술은 길고 인생은 짧다.

② 어떤 대상이 화제임을 나타낼 때.

예; 이 책은 친구가 준 것이다.

③ 강조의 뜻을 나타낼 때.

예; 일만 하지 말고 가끔은 쉬어라.

④ 주어가 초점 일 때는 '이(가)'을 쓰고 술어가 초점 일 때는 '은(는)'을 쓴다.

⑤ 묘사문에서는 '이(가)'를 쓰고 설명문일 때는 '은(는)'을 쓴다.

예; 고양이가 누워서 잔다.(묘사문이며 객관적. 주어가 초점)

　고양이는 엎드려 잔다.(설명문이며 주관적. 술어가 초점)

⑥ 어떤 사실을 말할 때는 '은(는)'을 쓴다.

예; 지구는 태양 주위를 돈다.

⑦ 이중주어문일 때는 '~은(는), ~이(가)의 형태로 쓰인다.

예; 그 사람은 성격이 좋다.

2) 용언(用言)

대상의 동작이나 상태의 성질을 나타내며 문장에서 서술하는 기능을 한다.

동사와 형용사가 이에 속하며 어미변화가 가능하다. 문장 안에서 쓰임에 따라 본용언과 보조용언으로 나누어진다.

밥을 먹는다.	동사(먹다)
꽃이 예쁘다.	형용사(예쁘다)
나는 사과를 먹어버렸다.	먹어 (본용언), 버렸다(보조용언)

용언은 문장에서 서술하는 역할도 하지만 어미를 변화시켜 다음 문장과 연결고리를 유지하게 만드는 역할도 한다.

대개 −아, −게, −지, −고를 붙여 부사어를 만들게 된다. 관형어는 "−ㄴ 또는 −던, −을"을 붙여 만든다.

"먹다"를 변화시키면 "먹고, 먹지, 먹고서, 먹어, 먹으면"처럼 하여 부사어를 만들고

"먹을, 먹던"처럼 하여 관형어를 만든다.

4. 분리 할 수 없는 시구

시조를 짓다보면 외형상 특징인 음수에 집착하다가 분리해서는 안 되는 시구를 강제 분할하는 경우가 종종 생기고 많은 작가들의 작품에서 실제 나타나고 있다. 이는 절대 있을 수 없는 일이다.

예문
겨울 산행/***

깨질라!
이 아찔한

높이에서 보는 세상

내 잘못
살았다기로
삭풍보다
더 매우랴

까짓것
사나이 한 평생
다시 걷는 등성이

초장은 장이 둘이 된다. "깨질라!"는 하나의 독립된 문장이다.

중장은 "내 잘못 살았다기로"는 음수 배열이 3.5가 아니라 1.7이 된다. '잘못 살았다기로'는 붙어 다니는 말로 분리해서는 의미가 생기지 않는다.

종장은 화자의 결의가 마감되지 않은 상태이다.

1) 의미체계의 말. 예문; '눈여겨보다, 어디서부터인지'

   (3.4.3.4) '명자꽃/ 선홍 잎을/ 눈여겨/ 보았느냐 (4소절)

   → (3.4.4) '명자꽃/ 선홍 잎을 / 눈여겨보았느냐 (3소절)

2) 통사적 합성어. 예문; 되돌아가다. 거들떠보지 않다.

   (3.5.4.4) '내 잘못/살았다 기로/삭풍보다/더 매우랴 (4소절)

   → (1.7.4.4) '내/ 잘못 살았다 기로/삭풍보다/ 더 매우랴 (4소절
      이나 음수 이탈)

(3.5.4.4) '고향길/주홍 놀 한 점/ 물구나무/ 서고 있다.' (4소절)

→ (3.5.8) '고향 길/주홍 놀 한 점/ 물구나무서고 있다.' (3소절
음수 이탈)

3) 합성동사. 예문; 으르렁거리다, 어리둥절하다.

'어리둥절/하는 나를/멀끔히/ 바라보더니' 4.4.3.5 (4소절)

→ '어리둥절하는/나를/멀끔히/바라보더니' 6.2.3.5. (4소절 음수
이탈)

4) 의미상 붙어 다니는 말.

① ~도~도.

예문; 비석도 산담도,

~고~고.

예문; 하얗고 빨간 등대,

~와(과) ~와(과).

예문; 거북이와 도마뱀, 햇빛과 바람

② 기타 문맥상 붙는 말

'마당 한/ 가운데 앉아.' → '마당/한 가운데 앉아'

'마음뿐/ 아닌 발길마다,' → '마음뿐 아닌 "발길마다'

'가늠키/ 힘든 근심이.' → '가늠키 힘든/근심이'

'감당도/ 못할 무게를.' → 감당도 못할/무게를'

'남 생각/ 할 겨를도 없이.' → '남 생각할/겨를도 없이'

③ '~같은, ~없는'처럼 앞말에 붙여 일어야 할 경우

예; 천원도 없는 사람이, 봄 나비 같이 날아간다.

○ '~같은'의 용법

다른 것과 비교하여 그것과 다르지 않을 경우 앞에 오는 체언과 붙여 읽어야 의미가 더 분명해진다. '백옥 같은 피부'인 경우, '백옥'에 붙여 읽어야 한다.

같은 부류에 속한다는 의미일 때는 뒤에 오는 체언에 붙여 읽는다. '외출 시 신분증(과) 같은 것을 지녀야 한다.' 뒤에 오는 '것을'에 붙여 읽는다. '-과'가 생략된 형태, '신분증은 아니고 신분을 증명할 수 있는 것'을 말함.

합성형용사 활용 시는 붙여 쓴다.(예; 감쪽같은, 목석같은, 꿈같은, 실낱같은)

○ '못하다'의 용법

형용사인 경우는 뒷말에 붙여 읽고(예; 동생만 못한 철수 - '철수'에 붙여 읽음) 보조형용사 보조동사인 경우는 앞말에 붙여 읽는다.(예; 옳지 못한 행동이다. - 앞말에 붙여 읽음 / 가지 못할 사정이 있어서 - 앞말에 붙여 읽음)

④ 연결조사

예; ~며. 예문; 교수며 정치가며 저명인사인 그분

~듯: 없는 듯 있는 듯,

~지: 그렇지 않아도.

~디: 예쁘디예쁜

5) 통사적 구조의 분할

하나의 장을 여러 개로 행갈이 하는 것은 의미를 축소시키거나 어법에 맞지 않는다.

예문①

낮잠/***

작은방 창 너머엔
매미 우는 푸른 구름

그 풍경에 머리 두고
너는 꿈꾸는 창이

시일까
행복한 소나기
잠시 흥건하다.

이 예문에서 중장 후구 말미와 종장 첫 소절 '창이 시일까'가 통사구조이다.

즉 종장 첫 소절 '시일까'는 중장 끝으로 가야 한다. 따라서 종장 첫 소절 3자는 '행복한'이 되어야 하는데 "행복한 소나기 잠시 흥건하다."가 되어 종장의 규칙을 어기게 된다. 즉 음수 배열이 달라진다.

종장 둘째 수 의 음수 5−7이 되어야 하는데 3이 되고 셋째 소절의 음수 4가 되어야 하는데 2가 되므로 음수의 배열에 문제가 생기게 된다.

예문②

빈집/***

고두이던살	다는놓을길
떠	원
난	여
녹	에
슨	끝
물	지
펌	가
프	감
에	은
낮	굽

뻐꾸기울음만이무시로건너와서휘

예문②를 정상적으로 다시 써 보면 다음과 같다.

살던 이 두고 떠난 녹슨 물 펌프에
낮 뻐꾸기 울음만이 무시로 건너와서
휘굽은 감가지 끝에 여읜 길을 놓는다.

위 ①② 예문은 모두 통사구조를 파괴한 작품이다.

만약 ①이 가능하다고 주장한다면 종장의 음수를 맞추기 위해 다음과 같이 썼다고 하면 어떨까?

"시일까, 행복한 소나 기잠시홍 건하다."(3.5.4.3)도 가능해야 한다.

②는 장의 개념을 무시한 시조이다. 좋은 작품을 이상하게 만들었다.

이 밖에도 '잘못/살았다기로' '죽었나,/ 살았나 싶어' 같은 말들은 통사구조이므로 분리하여 쓰는 것은 어법에 맞지 않는다.

5. 비유

비유는 어떤 사물이나 현상을 그와 비슷한 사물이나 형상에 빗대어 표현하는 방법이다. 이는 일상적 언어와는 다르며 특수효과를 거두거나 의미를 부여하기 위한 수사법이다. 일상적 언어가 객관적이며 개념적인데 비해 비유는 함축적이고 간접적인 방법으로 언어의 예술성을 창출하는 방법이라 할 수 있다. 시인의 언어는 일반인의 언어와 다르다. 일반인은 언어의 소통을 쉽게 하도록 일상어를 사용하지만 시인은 일상어가 아닌 비유와 상징으로 된 특수 언어(詩的言語)를 사용한다.

하나의 예를 들면 "교실은 학생들로 발 디딜 틈 없이 빽빽하다."하면 현상을 사실적으로 표현한 일상어가 되고 "교실은 콩나물시루 같다." 하면 비유가 된다.

'~ 같이, ~처럼, ~인 듯' 등은 직유가 된다. A is like B이다.

그러나 "교실은 콩나물시루다."하면 은유가 된다. A is B이다.

이처럼 비유법을 사용하면 문장이 간결해지며 함축적이며 새로운 의미를 부여하게 되고 새 생명력이 탄생한다. 그래서 시조 창작시 "비유는 생명이다."라고 말하는 것이다.

시조에서 사용하는 언어는 가능하면 관념어는 피하고 구체어를 쓰는 게 좋다. 관념어는 구체성이 떨어져 독자와의 소통을 애매하게 만들기 때문이다.

관념어는 ① 구체성이 없는 말, 예를 들면 사랑, 행복, 고독, 소망, 허무 같이 실체가 없는 말이며 ② 계량화되지 않은 말, 예를 들면 여기, 저기, 저만치, 그렇게… 등의 말들이고 ③ 애매한 말, 예를 들면 어쩌면, 얼마나, 이토록… 같은 말들이 이에 속한다.

'시인의 언어는 비유이다.'라는 말을 이해하고 창작에 임해야 한다.

1) 고시조 예문

① 눈 마자 휘어진 대를 뉘라서 굽다던고
　　구블 절이면 눈 속에 프를 소냐
　　　아마도 세한고절은 너뿐인가 하노라

－원천석(청구영언)

② 백설이 자자진 골에 구름이 머흐레라
　　반가온 매화는 어느 곳에 피엇는고
　　　석양에 홀로 서이서 갈 곳 몰라 하노라

－이색(청구영언)

①은 일상적 언어의 표현 같지만 글의 행간에 많은 의미를 숨겨 놓고 있다. 비유는 대나무, 굽다, 눈, 절, 푸르다 등의 보조관념만으로 구성된 시조라 볼 수 있다. 왜냐 하면 대나무 → 올곧은 선비, 굽다 → 변절하

다, 눈 → 권력, 절 → 지조, 절개, 푸르다 → 변치 않다, 부패하지 않다 등의 의미를 지니고 있기 때문이다. ②도 ①과 같이 원관념은 감추고 보조관념만으로 지은 작품이다. 백설, 자자지다, 구름, 머흘다, 매화, 석양 등 ②는 백설 → 고려 왕조를 배반하지 않은 충신, 자자지다 → 힘없는 잔존 세력, 구름 → 검은 세력, 역성혁명에 동조하는 세력, 머흘다 → 사납다, 신흥세력으로 일어나다. 매화 → 몰락한 예 선비들, 석양 → 망해가는 고려 왕조 등을 은유하고 있다.

2) 현대시조 예문

① 전철에서/김광수

지팡이는 통로에 서서 휘어진 몸을 가누고
앞자리엔 가위다리로 눈을 감고 앉은 청바지
양속은 설자리도 없어 밀려 났네, 먼 옛날로.

위 작품에서 '지팡이'는 노인 또는 몸이 약한 사람을, '휘어진 몸'은 등이 구부러진 노인의 모습을, '가위다리'는 다리를 꼬고 앉은 모습이며, '청바지'는 새파란 젊은이를 비유한 것이다. 이 작품 역시 원관념은 나타나 있지 않다.

지팡이와 청바지는 보조관념이지만 원관념은 '노인'과 '젊은이'이다.

② 한 세상/***

이래도 사는 세상 저래도 사는 세상

우리네 사는 인생 어울려 사는 인생
한세상 춤추며 살다 후회 없이 가보세.

③ 말없이 앉았다가/***

말없이 앉았다가
말없이 일어서서

말없이 거닐 으며
말없이 사랑했네

한 마음 서로 비추네
말을 보태 무엇하리

②와③은 비유가 전혀 없는 일상어로만 짜진 작품이다.

6. 이미지

　독자에게 전달하고자 하는 내용을 언어가 가진 특성에 따라 상황이
나 체험을 통해 이미지를 만들어 내게 된다.
　이미지(心象)는 어떤 사물에 대하여 떠오르는 직관적 인상 즉, 대상
에 대한 지각, 기억, 상상, 느낌 등이 머릿속에 떠오른 것을 언어로 그리
는 그림이라 할 수 있다.
　이미지는 과거 경험이나 체험의 재현으로 상상력을 필요로 한다. 비
유는 언어적이고 이미지는 감각적이다.

이미지에는 1) 정신적 이미지 2) 비유적 이미지(원관념과 보조관념) 3) 상징적 이미지가 있다. 이미지는 추상적이며 관념적인 표현을 구체화시켜 선명하게 만들어 준다.

1) 정신적 이미지

－개울물이 종알거리며 흘러간다.　　　　　－청각적 이미지
－강남 콩보다 더 푸른 물결　　　　　　　－시각적 이미지
－그녀가 말을 하면 꽃향기가 난다.　　　　－후각적 이미지
－첫 키스는 너무나 달콤했다.　　　　　　－미각적 이미지
－아기의 피부는 비단이다.　　　　　　　－촉각적 이미지
－분수처럼 쏟아지는 푸른 종소리　－공감각적 이미지(시각, 청각)

예문

청대/김옥중

깊은 절 고승인가 세속 다 비워놓고
저 높은 하늘보다 더 높이 살고 싶어
댓잎이 반야심경을 시퍼렇게 읽고 있다.

－초장은 은유로, 중장은 비교법을 활용하고 있다.
－종장에서 공감각적 이미지를 잘 살려 내고 있다.

2) 비유적 이미지(원관념과 보조관념)

다음 예문을 보면서 이미지에 대한 이해를 바란다.

사랑하는 나의 하느님 / 김춘수

당신은 늙은 비애이다.
푸줏간에 걸린 커다란 살점이다.
시인 릴케가 만난 스라브 여자의 마음속에 가라앉은
놋쇠 덩어리다.

이 시는 참으로 난해한 시이다. '늙은 비애, 커다란 살점, 스라브 여자, 놋쇠덩어리, 가라앉은' 같은 표현들은 무슨 말인지 이해하기 어렵다.

'늙은 비애'는 어떤 상태를 말하는 것일까? 태초부터 살아계신 하느님이 늙었다는 말인가. 인간을 창조한 하느님지만 지금은 무기력하게 십자가에 달리어 죽음을 맞는 모습은 너무도 비참하고 슬프다는 표현일 것이다. 늙으면 누구나 무기력해진다. 신은 늙지 않겠지만 인간의 늙어가는 모습에서 발견되는 무기력한 슬픔 자체가 하느님 당신일지도 모른다. '커다란 살점'은 또 무엇인가? 예수의 십자가에 달린 모습과 매치시켜 보면 희미하지만 이해는 된다. 십자가에 달리신 예수도 인간을 위한 희생 제물이고, 푸줏간의 커다란 살점도 역시 인간의 식욕을 위한 희생물이다. 여기서 우리는 공통점을 발견하게 된다. 남을 위해 희생되는 제물의 모습이다. '마음속에 가라앉은 놋쇠 덩어리'는 또 무엇인가? 놋쇠는 무겁다. 한번 가라앉은 놋쇠덩어리는 그만큼 묵직하여 움직이지 않는다. 그러니 '마음속에 깊이 자리 잡고 있다.'는 비유를 한 것은 아닐까? '스라브 여자'는 무엇인가? 김춘수시인이 유학 중에 접한 시집이 릴케의 시집이고, 릴케가 사랑한 여인이 스라브 여자라고 한다.

스라브 여자의 마음속에 가라앉은 묵중한 놋쇠 덩어리 같이 변하지 않는 신을 사랑하고 있는 것이 아닐까? 이처럼 난해한 시는 자유시에서 종종 발견되지만 시조에서는 이렇게 잠금장치를 겹겹이 쳐 놓은 경우는 매우 드물다. 이 작품을 읽는 독자는 아주 낯선 느낌을 받는다. 이에 비해 시조는 은유법을 쓰면서도 행간에 숨긴 메시지를 더 중요시 하고 있는 것 같다. 현대시조는 어떤가? 당연히 행간에 메시지를 숨겨두어야 겠지만 언어의 조합을 새롭게 하여 시적인 맛을 새롭게 우려내려는 기법이 필요하게 대두 되었다. 아름다운 여자를 보고 '그녀는 장미처럼 아름답다.'고 비유는 했지만 일상어와 큰 차이가 없어 신선미는 떨어진다. 그래서 도입한 수사법이 은유법이다.

"그 여자는 장미다."라고 했을 때 떠오르는 느낌은 어떤 것인가?

아마도 아름다운 모습이 떠오를 것이다. 그 그림이 이미지다. 메시지는 '그 여자는 아름답다.'라는 의미를 행간에 숨겨둔 모양이 된다.

일상적인 언어로는 이미지를 만들어 낼 수가 없다. 반드시 비유와 상징이 이미지를 만들어 내는 재료이다.

예문 ①
　이 몸이 죽어가서 무엇이 될꼬하니
　봉래산 제일봉에 낙락장송 되었다가
　백설이 만건곤 할제 독야 청청 하리라
　　　　　　　　　　　　　　　　　　　－성삼문

이 작품의 이미지는 선비의 곧은 절개이다. 충절이다.

이 작품에서 이미지를 만들어 낸 요소는 무엇일까?

'낙락장송' '백설' '독야청청' 같은 구체적 비유로 이미지를 만들어 내고 있다. 즉, 올곧은 선비정신이라는 이미지를 탄생시킨다. 변치 않는 신하의 충성심이 눈에 보이는듯하게 이미지를 만들어 내고 있다. 이 작품에서도 원 관념은 숨겨두고 보조관념만으로 작품을 이끌어 내고 있다.

예문 ②

청산리 벽계수야 수이 감을 자랑마라
일도창해하면 돌아오기 어려우니
명월이 만공산 하니 쉬어 간들 어떠리

— 황진이

이작품의 이미지는 어떻게 다가오고 있는가?

아마도 이별의 아픔일 것이다. 또는 사랑하는 임이 머물다 가기를 소원하는 애틋한 정일 것이다. '벽계수'는 사랑하는 임인 이종숙의 호이다. 여기서 이미지를 만들어 내고 있는 비유는 '벽계수' '명월' '만공산' 같이 보조관념으로 된 비유이다.

이처럼 비유를 하지 않고는 독자에게 이미지를 전달 할 수 없다.

3) 상징적 이미지

관념적이며 추상적인 생각 느낌 따위를 구체적인 사물이나 기호로 표현하는 방식이다. 원 관념은 없어지고 보조관념만 남게 된다. 즉 어

떤 것을 대신하는 기호이다. 예를 들면 무궁화는 '대한민국'을, 거수경
례는 '충성'을, 신호등은 '사회적 규범'을 나타내는 기호이다. 이 외에도
연꽃, 군화, 칼 등도 상징성 이미지를 구체화 시킨 기호의 예(例)가 된다.

① 고시조 예문
　엊그제 버힌 솔이 낙락장송 아니런가
　적은덧 두던들 동량제 되리러니
　어즈버 명당이 기울 면 어느 남기 바치리

— 김인후

　— '낙락장송' '동량' '명당'과 같은 표현이 상징적 이미지이다.

② 현대시조 예문
　황소 머물다가 배설하고 돌아선 자리
　쇠똥구리 말똥구리가 좌우로 편을 갈라
　한 덩이 분구(糞)를 들고 서로 엉겨 물고 뜯는다.

— 상황(狀況)/김광수

위 예문에서 '황소'는 과거 공화당의 마크이다. 상징이다. '배설하고
돌아선 자리'는 '공화당의 시대를 마감한 뒤'를 얘기하고 '쇠똥구리' '말
똥구리'는 여(與)와 야(野)를 빗댄 말이다. 정권이 몰락하고 신정당들이
주도권을 잡으려고 싸우는 모습이 눈에 선하다. '분구'는 '먹을거리 또
는 잇속을 차리는 욕심'이다.

1) 이미지 만들기 ; 비유와 상징이다.

① 어떤 사실을 빗대어 말한다.

물은 흘러간다. → 세월은 물과 같다.(직유법)

② 두 대상간의 공통점을 발견한다.

세월은 빠르다 → 세월은 화살이다(은유법)

꽃은 아름답다 → 여자는 꽃이다(은유법)

③ 사물의 동작, 상태, 형태를 의인화 한다(의인법)

꽃이 피었다 → 꽃이 웃는다. 나뭇잎이 흔들린다. → 나뭇잎이 춤을 춘다.

④ 상징어로 바꾸어 본다.

그는 장군이다 → 그는 별이다. 그는 오래 살고 있다 → 그는 학이다.

⑤ 구체적 개념과 추상적 개념을 적절히 바꿔 쓴다.

비는 생명이다.(구체적 → 추상적) 사랑은 눈물의 씨앗이다.(추상적 → 구체적)

⑥ 언어의 조합을 새로 한다.

새소리가 들린다. → 새소리가 떨어진다. 그림을 본다. → 그림이 말을 한다.

2) 이미저리

이미저리는 육체적 감각이나 마음에서 생성되어 언어로 표출되는 이미지 군(群)을 말한다.

김광균의 <외인촌> '분수처럼 흩어지는 푸른 종소리'

3) 알레고리

알레고리는 추상적인 내용을 구체적인 대상으로 표현하는 비유법이다.

은유는 하나의 단어나 한 문장 같은 작은 단위에서 표현되는 비유법이고 알레고리는 이야기 전체에서 하나의 은유로 관철되는 비유법이다. 이솝 우화가 대표적이다. '매미와 베짱이'도 그 예(例) 중의 하나이다.

예문

굼벵이 매암이 되어 나래 돋쳐 나라올라
노프나 노픈 남게 소뢰는 조커니와
그 위희 거믜줄 이시니 그를 조심 하여라.

─작자미상(청구영언)

─권력에 대한 경고

4) 패러디

패러디는 잘 알려진 작가의 원작을 모방하여 새로운 작품을 만들어 내는 기법이다.

이때 원작이나 패러디한 작품이거나 새로운 의미를 부여 받는다.

어느 패러디 하나를 소개 한다. 김천택의 작품을 패러디 한 것이다.

원작: 잘 가노라 닷지 말며 못 가노라 쉬지 마라
부디 긋지 말고 촌음을 아껴 쓰라

가다가 중지 곳하면 아니 감만 못하리라

−김천택

패러디: 금수저라 뻐기지 말며 흙수저라 쫄지 말라
　　　절대로 포기 말고 열심히 살다보면
　　　어느 날 로또 당첨되어 신분 상승 되느니라.

7. 〈낯설게 하기〉

　"낯설게 하기"란 이미 우리가 알고 있는 사물이나 관념의 친숙함을 벗어나 새롭게 표현하므로 써 독자에게 신선한 느낌을 주도록 하는 방법이지만 영구적이지는 않다.

　예를 들면 "같은 값이면 다홍치마"니 "칠흑의 밤"이니 하는 표현들은 이미 은유가 아니라 누구나 인식할 수 있는 하나의 기호가 돼버렸다. 기호가 되었다는 의미는 무엇일까? "내 마음은 호수요."도 은유적 표현이고 "그는 천사다."도 역시 은유적 표현이다. 모두 은유이지만 둘 중 어느 하나는 낯선 느낌을 더 준다. 그 차이점은 바로 '일상화 된 말이냐, 아니냐.' 하는 것으로 이해하면 된다. 후자는 누구나 할 수 있는 말이므로 이미 귀에 익숙해져 있고 전자는 잘 쓰지 않는 표현이기 때문에 조금 낯설게 느낄 뿐이다. 그러므로 현대시조 창작시에는 늘 새로운 은유의 필요성이 대두하게 된다. "새로운 은유" 이것이 현대시조에서 "낯설게 하기"의 방법이 될 수 있다.

시조의 시대적 변천 또는 발전은 이러한 점에 착안하여 시조의 내적 짜임새를 새롭게 하는 것이지 겉보기의 꾸밈에 있는 것이 아니라고 생각한다.

<낯설게 하기>는 한마디로 "언어와 언어가 만나 화학적 반응을 일으킨 결과물"로 "다른 이미지를 가지고 탄생한 언어"라고 말 할 수 있다.

1) 언어의 조합

시조 역시 언어의 새로운 조합으로 "낯설게 하기"를 하여야 한다.

그러나 시조는 이미 오래 전부터 이런 수사법을 써왔다는 점을 상기 (想起)할 필요가 있다.

> ①
> 동짓달 기나긴 밤 한 허리를 베어내어
> 춘풍 이불아래 서리서리 넣었다가
> 어른님 오신날 밤이어든 굽이굽이 펴리라
>
> —황진이(청구영언)

고시조에서도 예문처럼 언어의 조합을 통하여 <낯설게 하기>를 잘 하였다.

'기나 긴 밤 한 허리' '춘풍 이불아래'같은 표현은 정말 절창이 아닐 수 없다.

예문에서 보듯이 시조를 시조답게 만드는 것은 비유지만 그 비유 중에서도 가장 바람직한 것은 언어의 새로운 조합으로 만들어 낸 "낯설게 하기"의 기법이라 할 수 있다. 한 사물을 놓고 여러 가지의 비유를 할 수 있겠으나 독자에게 신선한 이미지로 다가가는 작품을 쓰기란 쉽지 않은 일이다. 한 시조 작품을 지으면서 비유하기 또한 쉬운 일이 아니다. 그래서 필자는 비유도 좋지만 언어의 새로운 조합으로 <낯설게 하기>를 시도해 보라고 권하고 싶다. 새로운 언어의 조합은 서정성을 더욱 심화시키는 역할을 하게 된다.

서정주는 「자화상」에서 "어떤 이는 내 눈에서 죄인을 읽고 가고 어떤 이는 내 입에서 천치(天痴)를 읽고 가나"라고 했는데 이런 표현이 좋은 예이다. 두려움에 사는 내 눈에서 '죄인을 읽고 간다.'고 했으며, 의사표시도 제대로 못하는 나를 보고 천치(天痴)라 부르지 않고 '천치를 읽는다.'라고 표현했다. 나를 보고 천지나 죄인이라 부르지 않고 '읽고 간다.'라는 말로 대신하여 언어의 묘미를 살려내고 독자가 새로운 느낌을 갖게 만든다.

'부른다'를 단순히 '읽는다'라고 하지 않고 '읽고 간다'라는 말로 바꾼 것뿐인데 신선하지 않은가? 이것이 바로 시인의 재주이며 언어의 조율 능력이다.

때문에 현대시조에서는 새로운 언어의 조합 기법을 요구 받고 있는 것이고 이에 대한 대답은 우리 시조시인들이 해야 한다. 지금까지는 사실적 서정성에 무게를 두고 아름다운 시어를 만들어 냈다고 하면 지금부터는 완전히 새로운 언어의 조합을 찾아내어 신선미를 살려내야 한다. 예를 하나 든다면 숲속을 걸어가는데 새소리가 들려온다는 표현을 어떻게 할 것인가를 고민해 봐야 한다. 지금까지는 아름다운 새소리, 고운 산새소리처럼 관형어(형용사)로 새소리를 더 아름답게 표현하는 시어를 찾는데 주력하였다면 지금은 "떨어지는 산새소리"처럼 적극적이며 능동적인 시어의 조합을 요구한다. 새소리는 '들리는 것'이라는 이미지는 이미 소리의 근본바탕에 깔려 있기 때문이다. "꽃"하면 "아름답다"라는 이미지가 연상되기 때문에 구태여 아름답다는 설명을 필요로 하지 않는다. 이처럼 언어자체가 지니고 있는 이미지를 생각하면 사물을 꾸며줄 말은 필요 없게 된다. 그래서 '곱다'든지 '아름답다'라는 말 대신에 '떨어지는 산새소리' '밟히는 산새소리'처럼 새롭게 언어를 조합하여 신선미를 배가시킬 필요가 있다. 모든 시어가 그런 것은 아니지만 가능한 것은 새로운 조합을 만들려는 노력이 필요하다고 필자는 생각한다.

이러한 언어의 조합은 어떻게 만들 것인가? 환유법의 활용에 그 길이 있다.

지금까지 시인들이 즐겨 써온 "낯설게 하기" 방법으로는 다음과 같은 것이 있다.

① 운율의 첨가: 나같이 → 날같이, 하련만 → 하오련만
② 언어의 조합: 새소리 들리다 → 새소리가 떨어지다(수동에서
   능동적 표현으로)
③ 인위적 조어: 색시 → 새악시, 부끄러움 → 부끄럼
④ 신조어: 얼짱, 착한 밥집

지금까지 많은 시인들이 ①③에서처럼 서정의 묘미나 운율적 매력을 찾는데 주력하였거나 ④에서처럼 새로운 시어를 만들어 쓰려고 노력하였다. 그래서 생긴 말이 '시인은 낱말을 만드는 창조자'라는 터무니없는 유행어를 만들어 내기도 했다. 물론 아름다운 시어를 만들 수는 있다. 그 대표적인 예(例)가 김소월의 작품 '진달래'에서 사용한 '즈려밟다'라는 시어이다. '시인은 언어의 창조자'란 진정한 의미는 시어를 '만든다'라기 보다 시어를 '찾아낸다'는 의미가 더 강하다고 본다. 비유로 낯설게 느껴지는 시어를 찾아 쓰는 일, 즉 시인의 언어를 말한다.

이제 몇 가지 언어의 새로운 조합으로 <낯설게 하기>를 만든 예를 들어본다.

* 새소리가 들리다. → 새소리가 떨어지다. 새소리를 밟고 간다.
* 가을이 오다 → 가을이 도착했다.
* 나는 자유를 되찾았다 → 나에게 가압류된 시간을 풀었다.
* 굴러가는 돌멩이 → 땅을 치는 조약돌
* 일용직 근로자 → 공사판을 떠도는 새
* 거미 → 투명한 사기꾼
* 대숲의 봄바람 → 하이힐 벗은 발로 연두 볕살 밟는 소리
* 대숲 바람 → 바람이 댓잎에 앉아 노는 소리
* 병실 → 저승이 수다 떨며 노는 자리
* 빗방울 → 흙이 먹는 진주알
* 새벽 → 먹빛 어둠 거둬내는 일꾼
* 이슬 → 풀잎에 달린 별똥. 풀잎에 달린 진주
* 추억 → 잔뼈가 굵어가던 시절, 지난날을 눈앞에 불러오다.

* 아픈 추억 → 설움이 사태진 골
* 낙엽이 지다 → 초록빛 욕망들과 결별하는 다비의 시간
* 뻐꾸기시계가 밤 열두시를 알리다 → 눈먼 뻐꾸기 열두시를 읽고 있다.
* 어두워지다 → 그림자를 땅거미로 덮어두다.
* 봄에 새싹이 나다 → 가지 끝 새싹들이 봄의 잠언 풀어낸다.
* 눈물이 어리다 → 눅눅해진 창에 흐릿해진 그림들이 나타나다.
* 봄을 알리는 새소리 → 새소리에 노란 봄이 묻어 있다.
* 봄 나무들은 푸른빛이 돈다. → 나무들의 푸른 봄 읽는 소리(공감각적)

위와 같은 표현들은 몇 분의 시조집에서 선별하여 실은 것이지만 이처럼 신선한 표현은 독자에게 새로운 언어의 묘미를 선사할 수 있다. 물론 작품 전체를 "낯설게 하기"는 어렵고 또 그렇게 했다고 해서 명작이 되는 것도 아니다.

비유가 됐든 상징이 됐든, 아니면 언어의 낯선 조합이 되었든 간에 작품 중 한두 군데만 이런 표현을 해도 작품은 예술의 옷을 입고 고상한 품격을 지니게 될 것이다. 이런 과정은 누가 가르쳐주기보다는 스스로 연구하고 개척할 분야이다. 깊은 사색과 훈련을 통해서만 이러한 새로운 언어의 연금술이 가능해진다.

위 예문처럼 언어의 새로운 조합법은 첫째는 타고난 재능이 될 것이다.

배우지 않아도 예술의 감성은 어느 정도 타고 나는 것 같다. 이것을 우리는 보통 "끼"라고 한다. 이 "끼"는 감성적 순발력이다. 어떤 대화를

할 때 비유를 잘하는 사람이 있다. 둘째로는 깊은 사색을 통한 비유이다. 이는 좋은 글을 많이 읽음으로써 두뇌가 만들어 내는 후천적 재능일 것이다. 셋째는 평소 우리가 느끼는 육감을 서로 다르게 활용해 보는 훈련이다. 예를 들어 그림을 감상할 때 그림 속에서 화가의 말을 듣는 착각현상과 같은 것이라고 할 수 있다. 이때 그림을 보며 아름다움을 느끼는 그 순간 화가의 메시지를 듣는다. 그래서 "그림이 말을 건다."라는 표현이 가능하다고 본다.

즉, 시각을 청각으로, 청각을 시각으로, 미각을 촉각으로 후각을 시각 또는 청각으로 환치(換置)하는 것이 가능하다. 공감각적 표현이 가능해진다. 어느 감각이나 환치 가능한 것은 물론 아니다.

몇 가지 사례를 들면

'진달래가 빨갛게 피었다.' → 진달래 피는 소리가 빨갛다.

소리(청각) 빨갛다(시각)= 공감각적 표현으로 신선미를 증가시킨다.
진달래가 빨갛기 때문에 피는 소리마저 빨간 색일 것이라고 상상한다.

① 새소리가 들린다. → 떨어지는 새소리를 밟는다.
② 울려 퍼지는 종소리/김광균의 <외인촌> → 분수처럼 쏟아지는 푸른 종소리,
③ 자극적인 광고 → 선정성 글꼴이 전두엽을 찌른다.
④ 홍매화가 피다. → 앞뜰의 매화꽃이 봄 햇살에 데인오후

①은 상상력이다. ②는 상상력을 동원한 희망이다. 저녁 무렵의 종소리는 마음을 허전하게 만든다. 어둠이 깔려오기 때문이다. 그러나 화자는 "분수처럼"이라는 시어로, 활력(活力)은 "푸른"이라는 시어로, 희망은 '알리는 종소리'로 바꾸어 놓고 있다. 종소리는 들리는 것(청각)이지만 쏟아진다(시각)고 표현하여 독자에게 신선미를 느끼게 만든다. ③ 전두엽(前頭葉)은 뇌의 앞쪽에 위치하며 '이마엽'이라고도 부르는데, 기억과 사고, 판단 따위의 고도의 정신 작용을 관장하는 역할을 하는 부분이다. '전두엽을 자극한다.'라고 하기는 쉽지만 좀 더 강력한 이미지를 심어주기 위해서 "찌른다"라고 화자는 말하지 않았을까?

위와 같이 비유한 사례들은 모두 다 어느 정도 상호 연관성을 지니고 있다. 그래서 공감하게 되는 것이다. 이런 비유나 언어의 조합을 잘 못했을 때 비유의 남용이나 오용이 되고 작품에서 어색한 부분으로 남게 되는 경우도 있겠지만 이런 훈련을 통하여 우리는 독자에게 새로운 시선으로 다가갈 수 있다.

시인은 언어의 창조자라고 흔히들 말하지만 이때 '언의 창조'는 새로운 낱말(시어)을 만든다는 의미가 아니라 이미 존재해 오고 있는 언어 중에서 감각적이며 생명력이 있는 언어를 조화롭게 결합시켜 새롭게 만들어 낸 감각적이고 감성적 언어라는 의미가 더 강하다고 볼 수 있다. 이근배 시인은 '언어의 껍질을 과감히 벗겨내고 속살 언어만을 먹으라.'고 말한다. 무슨 말인가 하면 '푸른 하늘, 예쁜 꽃'과 같은 표현 중에서 하늘은 이미 푸르다는 것은 다 아는 사실이며, 꽃도 예쁘다는 것은 다 아는 사실인 만큼 '푸르다'던가, '예쁜'이라는 군더더기 표현들은 구태여 쓸 필요가 없다고 한다.

시인은 언어의 창조자가 아니라 언어의 최초 발견자 또는 최조 결합자가 되어야 한다. 예를 들면 '나무에서 새소리가 들린다.'라는 표현은 누구나 다 할 수 있는 표현이지만 '떨어지는 산새소리가 밟힌다.'처럼 하면 전혀 새로운 느낌으로 다가온다. 즉 '들린다'를 '떨어진다'라고 바꿔 썼을 뿐인데 독자에게는 신선미를 주게 된다.

독자의 이런 감정 변화는 공감각적 표현을 했기 때문이다. 즉 '들린다.'라는 청각적 이미지에서 '떨어진다(시각)와 산새소리(청각)'라는 공감각적 이미지를 도입하여 신선한 맛을 느끼게 한다.

그러면 언어의 조합은 어떻게 만들 것인가?
①의 예문을 가지고 그 과정을 만들어가 보기로 한다.

  "새소리가 들린다. → 떨어지는 새소리를 밟으며 걸어간다."

우리는 지금까지의 고정관념에 갇혀 있기 때문에 '새소리' 하면 당연히 '들리는 것'으로 이해하고 있다. 그런데 '들린다. 듣다.'는 일상어이다. 시인의 언어는 일상어와 다르다고 했으니 당연히 시인의 말로 바꾸어야 함에도 불구하고 그와 같은 노력을 하지 않은 것도 사실이다. 여기서 우리의 고정관념을 한 걸음만 바꾸어도 전혀 다른 언어의 조합이 생긴다.

'소리'는 청각이다. 그러니 들어야만 하는 것이다. 그러나 이미지 창작의 하나로 배운 6감이나 공감각적 기능을 활용하면 시인의 언어가 만들어 진다. '떨어진다.'나 '산새소리' 그리고 '밟힌다.'는 말은 '보거나 들리거나 느끼는' 공감각이다. 즉 청각과 촉각 시각으로 짜인 새로운 언의 조합이 된다. 우리는 누구나 알밤이나 도토리가 떨어지는 소리를 들어 본 적이 있을 것이다. 새소리가 떨어지거나 알밤이 떨어지거나 같은 동작이다. '새소리가 들린다.'에서 '새소리가 떨어진다.'처럼 만드는 고정관념의 전환이 필요하다.

"뻐꾸기시계가 밤 열두시를 알린다."는 일상적 표현이다. 여기서 생각을 조금만 바꾸면 '뻐꾸기가 밤 열두시를 읽는다.'라고 해도 의미는 똑 같아진다. 시계 소리는 항상 들어야만 하는 말이지만 뻐꾸기시계를 뻐꾸기로 의인화하면 '읽는다.'라는 표현이 조금도 어색해지지 않는다. 즉 실제는 내가 시계를 보며 분침이 가리키는 시각을 읽고 있는 것이지만 "나(원관념)" 대신 "뻐꾸기(보조관념)"를 끌어들여 읽게 하는 것에 지나지 않는다. 김광균은 <외인촌>에서 "쏟아지는 푸른 종소리"라고 했다. '종소리'는 들리는 청각이지만 '쏟아진다.'는 시각으로 바꾸고 있으며 소리의 색깔마저 푸르게 표현하므로 서 시각적 효과를 극대화시키고 있는데 이는 모두 언어의 조합(낯설게 하기)으로 만들어진 시어들이다. 이런 방법으로 시인은 자기만의 언어를 만들어가야 한다.

이러한 언어의 조합은 환유법에서 쉽게 발견해 낼 수 있다.

은유가 보편적 유사성에 근거를 둔다면 환유는 연상을 통한 인접성에 근거를 둔다. 인접성에는 공간적 인접성과 논리적 인접성으로 나눌 수 있다.

공간적 인접성은 예를 들어 "한잔 합시다"라고 할 때 우리는 술을 먼저 연상하게 되는데 이는 술과 잔이 인접해 있기 때문이다. 청와대 → 대통령, 빵 → 밥, 군화 → 무력

논리적 인접성은 인과관계이다. 즉 "독약을 마시면 죽는다."에서 "독배를 들다 → 죽는다." 그러므로 "죽음을 마셨다."라고 할 수 있다.

자연스러운 환유표현은 화자와 청자 사이에 **상황에 대한 공유인식**이 있어야 한다는 점이다. 예를 들어 우리는 "자식농사를 잘 못 지었다."라는 말을 쓰기도 하는데 이때 사용된 '농사'가 무엇을 의미하는지 다 이해하고 있다.

즉 공유인식을 갖고 있다. 이처럼 환유는 언어를 더욱 효율적으로 사용하게 한다.

"굴러가는 돌멩이"는 "땅을 치는 돌멩이"한다면 '굴러가다'와 '땅을 치다'라는 말에서 '굴러가는 모습'이 '땅을 치는 모습'의 유사성을 찾아 만든 언어이며 '빗방울'을 '흙이 먹는 진주알'이라고 했다면 '빗방울이 진주 같다.'는 이미지는 평소 진주에서 느낀 인접성에 근거를 두고 있다. 흙으로 배 들어가는 모습이 진주를 먹는 이미지와 비슷하므로 '빗방울=진주, 흙에 스며들다=흙이 먹다'라는 두 언어의 조합을 '흙이 먹는 진주'로 새롭게 조합한 것뿐이다. 시인의 언어는 이처럼 사용하는 용도가 일상어와는 다르다는 점을 늘 염두에 두고 있어야 한다. <낯설게 하기>는 시조를 맛나게 만든다.

시조는 시적 대상을 설명하는 것이 아니라 감성적 언어 예술로 화자의 정서나 사상 따위를 운율을 지닌 함축적 언어로 표현한 문학의 한 갈래이며 ①간결성 ②함축성 ③음악성 ④상징성 ⑤서정성을 요구 받는 문학 장르이다.

자유 시(詩) 한 편을 소개 한다.

대낮/오규원

환상의 마을에서 살해된 낱말이
내장을 드러낸 채
대낮에
광화문 네거리에 누워 있다.
초조한 눈빛을 굴리는 약속이 불타는
서시의 거리를 지나다가
피투성이가 되어 그 위에 쌓인다.

위 작품은 '말이 가벼워져 마침내 아무것도 아닌 헌신짝처럼 함부로 내버려진다.'는 현시대적 상황을 비판적으로 쓴 시이다. 우리는 요즘 코로나 팬데믹으로 한 번도 경험해보지 못한 지구촌의 삶을 살고 있다. 이 긴 말을 시조 형식에 맞춘다면 어떻게 해야 할까? 오규원의 <대낮>에서 그 답을 얻을 수 있다. "환상의 마을에서"처럼 한다면 3.4의 소절로 이루어진 구(句) 하나를 만들 수 있게 된다.

시는 현실이 그 대상이 아니다. 시는 언어를 대상으로 하는 예술이다. 그러므로 현대 시조는 현실과 언어의 교직(交織)으로 탄생되는 전통적 시관(詩觀)이 아님을 인지하여야 한다.

> 동짓달 기나긴 밤 한 허리를 베어내어
> 춘풍 이불아래 서리서리 넣었다가
> 어른님 오신날 밤이어든 굽이굽이 펴리라
>
> ─황진이

5백여 년 전에 이미 시조에서는 이런 작품이 쓰이고 있었지만 이를 계승하여 발전시키지 못했을 뿐이다.

현대 시조에서 <낯설게 하기>를 한 예를 보면 다음과 같은 표현이 대표적이다.

가장 쉬운 방법은 시각을 청각으로, 청각을 시각으로, 미각을 촉각으로 후각을 시각 또는 청각으로 환치(換置)하는 것이 가능하다. 공감각적 표현을 하는 것이 가장 좋다고 본다.

몇 가지 사례를 들면 '진달래가 빨갛게 피었다.' → 진달래 피는 소리가 빨갛다.

소리(청각) 빨갛다(시각)= 공감각적 표현으로 신선미를 증가시킨다.

진달래꽃이 빨갛기 때문에 피는 소리마저 빨간 색일 것이라고 상상한다.

현대 시조는 현대 감각에 맞아야 공감력(共感力)을 갖게 된다. 이러한 창작은 누가 가르쳐서 되는 것은 아니고 스스로 노력하는 방법 외엔 도리가 없다.

시조문학이 유네스코 무형 문화재로 등재되어 세계화 될 때까지 함께 연구하고 발전시켜 나갈 의무가 시조시인이 지고 갈 십자가이다.

2) 비유의 남용(catachresis)

비유를 잘 못 하거나 지나치게 비유한 것을 비유의 남용 또는 오용이라 하는데 비유를 함에 있어서는 화자가 생각하는 개념과 독자가 공통적으로 이해하는 두 표현의 관계에서 공통점을 찾아내야 한다. 그래야 화자와 독자 간의 감정이입(感情移入)이 될 것이다. 이런 공통점을 무시한 채 비유를 하게 되면 독자는 화자의 심중을 이해 할 수 없게 되어 지루하거나 엉뚱하다는 느낌을 받게 된다. 그러나 이것은 상징과는 다르다는 점을 이해해야 한다. 상징은 공통점이 없는데도 불구하고 원관념대신 보조관념으로 쓸 수 있다. 예를 들어 무궁화 → 대한민국, 비둘기 → 평화와 같은 비유는 상호 아무런 관련이 없는 말이지만 이미 상징적으로 우리의 뇌리에 박혀 있는 말이다. "무궁화 → 대한민국" 관계는 수많은 꽃 중에 순결, 끈기 등의 의미를 지닌 무궁화를 나라의 꽃으로 지정했기 때문이고(강제성), "비둘기 → 평화"는 비둘기의 성질이 순하고, 예로부터 소식을 주고받는 메신저의 역할에 이용해 왔기 때문에 평화의 상징으로 인식돼 왔다. "반지 → 결혼"은 결혼식 때 반지 끼워주는 습성에서 생겨났을 것이다. 반지가 둥그런 모습은 물론 손가락 형태가 둥글기 때문이기도 하지만 원은 처음과 끝이 없다. 즉 영원성을 지닌다. 영원히 오래 오래 잘 살라는 의미가 추가 된다. 물론 결혼하지 않은 여자도 낄 수는 있으나 반지를 끼는 손가락의 위치가 다르다. 이처럼 상징은 사물이나 기호, 행동 들이 자연 현상 또는 물리적 속성과는 다르게 새로운 의미를 부여 받게 된다. 강제적이거나 우리의 오랜 삶의 습관, 문화, 또는 역사적으로 어떤 계기를 이룬 사건 등에서 복잡한 의미를 하나의 기호로 표시한데서 유래 되었을 것이다. 상징이 아닌 비유로 쓰일 경우는 공통점이 있어야 된다.

① <포장마차>/***

술이 술 마시다가 막차에 매달리는
세상이 동전만한 키 작은 난쟁이들
36개 앞으로 가면 포차도 눈 감는다.

중장 후구 "키 작은 난쟁이들"은 비유가 잘 안된 표현이다. "키 큰 난쟁이들"로 표현하여 역설적인 수사법을 활용해야 비유가 된다고 본다. '난쟁이'를 비하하는 표현은 바람직하지 않다. 물론 화자는 다른 의미로 이런 표현을 했는지 모르지만. 비유의 남용이라 할 수 있다. '36개(삼십육개)'는 종장 첫마디 3자로 될 수 없고 비유의 오용이 된다.

문장의 짜임새도 초장의 '매달리는'이라는 관형어는 중장의 '난쟁이들'을 수식하는 관계에 놓이게 되므로 초장은 "술이 ~ 난쟁이들'까지가 된다. 엇시조 형태이다.

② <허난설헌>/***

난 곁에 다소곳한 버들가지 하얀 송이
가을 날 우뚝 솟은 연꽃 같은 노래마저
진흙벌 캄캄한 속을 뿌리 내리지 못한다

　초장은 오용이다. 버들가지가 난 곁에서 다소곳할 이유가 없기 때문
이다. 글 쓰는 현장에서 바람이 불지 않아 화자의 눈에 다소곳하게 보
일 수도 있다. 그러나 이것은 일시적인 자연현상일 뿐이다. 중장 후구
는 남용이다. '연꽃 같은 노래'는 상호 연관성이 없어 보인다. 말하자면
독자는 '연꽃'과 '노래'에서 공통점을 찾아내기가 어려울 것이다. 더구
나 문장의 구성이 '노래마저 뿌리 내리지 못한다.'가 되므로 변용의 과
정에서 오류가 생긴 것 같다. '진흙 벌 속'이 캄캄한 것은 당연하고 누구
나 다 아는 사실이다. 난설헌은 이런 환경에도 불구하고 뿌리를 내리지
못한 것이 아니라 오리려 뿌리를 내린 분이다. '하얀 송이'와 ''노래'중
어느 것이 주체적 역할을 하는 실체인지 알 수가 없다. 이는 '송이' 다음
에 꼭 필요한 조사를 생략하여 원관념(허난설헌)과 보조관념(비유로 쓰
인 말)의 관계를 분명하게 설정하지 못했기 때문이다.

③ <빨강>/***

봄여름 가을 없이 꽃들은 빨강이다
바람의 바깥에서 구름의 안쪽으로
숨소리 듣다가 타들어가는 내 목구멍도 빨강

이 작품은 전체가 비유의 오용으로 보인다. '봄여름 가을에 피는 꽃은 모두 빨갛다.'라고 규정했기 때문이다. 꽃 색깔은 여러 종류다. 그런데 '모두'라는 어휘로 '꽃은 모두 빨간색'이라는 단정적 표현을 하고 있다. '바람의 바깥'과 '구름의 안쪽'도 꽃의 색깔과는 크게 연관이 없는 것 같고 종장은 어법이 맞지 않는 표현이다.

원 관념은 '빨강'이고 보조관념은 무엇인지 나타나 있지 않다.

3) '낯설게 하기'의 오해

귀로 쓴 시/ ***

햇살의 고요 속에선 ㅉ ㅉ ㅉ, 소리가 나고
바람은 쥐가 쏠 듯 ㅅ ㅅ ㅅ, 문틈을 넘고
후두엽 외진 간이역 녹슨 기차 바퀴소리.

"ㅉ, ㅅ"은 음소로 한글은 자음+모음이 되어야 하나의 소리를 낼 수 있는 음절이 된다. 음절이 모여 어절이 되고 비로소 문장의 기능을 하는 의미를 만들게 된다. 예를 들어 "나는 밥을 먹는다."는 세 어절로 이루어진 문장이다.

시조의 구성 요소 중 하나가 구(句)에서 의미의 생성이 되어야 한다고 했는데 위 예문 "ㅉ"이나 "ㅅ"은 의미가 생기기 않는다. 당연히 정형의 틀에서 벗어난 형식을 취하고 있다. 이 글의 화자는 단순히 "낯설게 하기"의 방편으로 이렇게 한 것 까지는 좋으나 의미를 만들어 내지 못한다는 점은 염두에 두지 못한 것 같다. 종장 전구까지는 언어의 조합을 새롭게 하였으나 '바퀴소리'라는 체언으로 마감을 한 점은 아쉽다. 특별한 경우가 아니면 대체적으로 종장 말미의 체언(명사)은 주체적 역할을 하게 되므로 술어를 요구하게 된다.

위 예문에서 종장 "후두엽 외진 간이역 녹슨 기차 바퀴소리."는 술어를 필요로 하는 주체로서 '바퀴소리는(가) 요란하다, 바퀴소리가 들린다, 귀 찢는다.'와 같은 술어가 뒤따라 나와야 의미단위의 구(句)가 된다.

"녹슨 기차 바퀴소리(가) 후두엽 외진 간이역(에)"처럼 불완전 문장이 된다.

다시 말해 기차소리가 간이역에 사는지, 지나가는지, 낮잠을 자는지 독자로서는 알 길이 없다. 이는 화자가 마무리를 지어주지 않았기 때문이다. 종장은 반드시 마감을 해서 화자의 각오, 결의, 사상, 철학, 등을 메시지로 행간에 숨겨두어야 맛이 있다.

이 밖에도 "타고난 사람8자 Zero라 탓을 말고"처럼 기호와 혼용하기, "36.5＋36.5"처럼 수학공식의 표기 등도 적절하지 못한 시작법(詩作法)이다.

4) 문장의 호응

문장의 호응은 글이나 말 속에서 어떤 특정한 말 다음에는 반드시 어떤 특정한 말이 따르는 제약적 쓰임을 말 하는 것으로 어떤 요소가 나타나면 반드시 다른 요소가 나타나야 하는 제약적 관계이다.

예를 들면 "결코"라는 말 뒤에는 "～ 지 않다."라는 부정어가 나타나야 한다.

문장의 호응에는 ①높임말, ②시간을 나타내는 말 ③주어와 서술어 ④부사어와 서술어 ⑤목적어와 서술어 ⑥사동사와 서술어 등에서 나타난다.

①은 "선생님이 나에게 책을 주었다.(주셨다)" ②는 "그는 어제 놀러 간다.(갔다)"

③은 "비바람이 불었다.(비가 오고 바람이 불었다.)" ④는 "결코 나는 밥을 먹었다.(먹지 않았다.)" ⑤는 "차에 사람과 짐을 실었다.(차에 사람을 태우고 짐을 실었다.)" ⑥은 "선생님이 나에게 그 사람을 소개해 주었다.(그 사람을 소개시켜 주셨다.)

이외에도 "별로" 다음에는 "~없다, ~ 하고 싶지 않다," "전혀"다음에는 "없다" "비록" 다음에는 "~ 하지 않다." "~치고" 다음에는 "~잘 한다." "반드시" 다음에는 "~ 해야 한다."와 같은 표현이 나와야 문장의 호응이 잘 되며 어법에 맞는 표현이 된다.

예문: 매어 온 이랑길이
　　　뒤돌아 세지 말고

　　　매어갈 이랑길이
　　　눈짐작 세지마라

　　　되보고 앞서 견준들
　　　줄고 늘지 않느니

－오늘을 열심히/***

이 예문은 어법에 맞지 않는다. "세다"는 타동사로 목적어를 필요로 한다. 여기서 '눈짐작으로 세지 말라.'는 의미지만 '—으로'라는 부사격 조사를 생략하였기 때문에 타동사로 쓰인 것처럼 읽힌다.

'이랑길이'는 '이랑 길을'처럼 목적격 조사를 사용해야 맞는 표기이다. 뒤에 나오는 '이랑길이'에서 주격조사 '이'는 '도'라는 보조사로 바꾸어야 한다.

문장의 호응은 장과 장, 구와 구, 절과 소절에도 적용되며 조사의 사용이 적절한지도 살펴봐야 한다. 문장의 호응이 안 되면 흐르던 물이 장애물에 걸리는 현상과 같다.

주체가 자동사를 취하느냐, 타동사를 취하느냐에 따라 쓰이는 조사도 달라진다.

문장의 호응이 잘 이루어지려면 조사나 연결어미가 제대로 쓰여야 하며 반어적이거나 역설적인 표현이 아니라면 논리에도 맞아야 한다. 예를 들면 '비오는 달밤에 우산을 함께 쓰고' 같은 표현이다. 또 '밥을 먹는다.'라고 해야지 '밥이 먹는다.'라고 하면 전혀 다른 표현이 된다.

그러나 '욕을 많이 먹었더니 배가 부르다.'는 말은 역설적이지만 말이 된다.

문장의 호응과 관련하여 반어법과 역설법이 문장의 호응이 안 되는 것 같지만 이는 확실한 차이가 있다.

반어법은 표현하려는 원래의 뜻과 반대되는 말로 표현하는 기법이다. 예를 들면 일을 잘못 처리한 경우를 두고 '잘했군, 잘했어'라고 표현하는 방법과 같다.

역설법은 어떤 이치를 어긋나게 표현하여 또는 모순된 표현을 하여 본래의 뜻을 전하려는 수사법이다. 쉬운 예로 유치환의 "소리 없는 아우성"과 같은 표현법이다. 김영랑의 '찬란한 슬픔의 봄'도 같은 수사법이다. 이런 표현은 의미를 강조하거나 표현의 효과를 높이는 수단이 된다. 우리가 가끔씩 사용하는 '다 아는 비밀'이란 표현을 이해하면 된다.

고시조에서는 임제의 작품이 대표적이다.

고시조예문

북천이 맑다커늘 우장 없이 길을 나니
산에는 눈이 오고 들에는 찬비로다
오늘은 찬비 맞았으니 얼어잘까 하노라

— 임제

현대시조 예문

따끈한 찻잔 감싸쥐고 지금은 비가 와서
부르르 온기에 떨며 그대 여기 없으니
백매화 저 꽃잎 지듯 바람 불고 날이 차다

— 바람불어 그리운 날/***

이 작품은 초장 중장의 전구와 후구를 바꾸어야 호응이 되는 문장이다.

8. 체험과 상상력

상상력이란 아직 일어나지 않은 일이나 존재하지 않는 대상을 그려 보는 것으로 공상(空想)과는 다르다. 여기서 말하는 상상력은 반드시 경험이나 체험에 근거한 것이지만 공상(空想)은 경험하지 않은 것 즉, 현실적이 아니거나 실현될 가망이 없는 것을 마음대로 상상하는 것을 의미한다. 이처럼 과거의 경험(체험)에 바탕을 둔 상상력은 시조의 핵심 중 하나라고 할만하다.

시조의 4대요소를 열거해 보면 ①음악적 요소인 운율 ②회화적 요소인 심상 ③의미적 요소인 화자의 결의 ④외형적 요소 등이다.

그러나 필자는 5대 요소라 하여 ⑤체험을 통한 상상력을 더 추가 하고 싶다. 그만큼 상상력은 시조의 맛을 내는 중요한 요소이다.

1) 상상력이 뛰어난 고시조 예문

①
백설이 자자진 골에 구루미 머흐레라
반가 온 매화는 어느 곳에 픠엇는고
석양에 호로 서 이셔 갈 곳 몰라 하노라

—이색(청구영언 진본)

②
동짓달 기나긴 밤을 한 허리를 버혀 내여
춘풍 니블 아래 서리서리 너헛다가
오론 님 오신날 밤이여든 구뷔구뷔 펴리라

—황진이(청구영언 진본)

①은 화자의 결의라기보다는 노신의 갈등하는 심리적 상태를 잘 표현하였고 ②는 종장에 자신의 결심을 잘 드러내고 있다. 사랑하는 임이 오지 않으면 이불을 펴지 않겠다는 감정 처리가 절묘하다.

2) 상상력이 뛰어난 현대 시조 예문

상상력은 시조를 맛나게 만들고 낯설게 만들며 예술의 옷을 입혀 춤 추게 만든다.

① 윤동주 생각/김해석

가모가와 경찰서 앞을 무겁게 지나노라니
문득 철창에 갇힌 윤동주가 뛰어 나와
지금은 어떠하냐고 조국 안부 묻는다.

화자가 일본 여행 중에 윤동주가 갇혀 있던 가모가와 경찰서 앞을 지나가게 되었는데 안내자의 설명을 듣고, 살아 있는 윤동주가 갇혀 있는 그 감옥에서 뛰쳐나오며 조국의 안부를 물을 것 같다는 상상을 하면서 이 글을 지었다고 했다. 정말 뛰어난 상상력이다. 이런 점이 바로 시조의 맛이 아닐까.

윤동주 사건은 과거에 일어난 사건이지만 마치 현재 눈앞에서 벌어지는 사건처럼 생동감 있게 현재 시제로 마감하여 시간의 개념을 초월하고 있다.

비록 초장이 과음수이긴 하지만 상상력의 동원 기법은 아주 훌륭하다.

상상력은 이처럼 작품을 맛깔나게 만들며 품격을 높여 주는 역할을
한다.

②
평화의 집 지른 빗장 암호 풀고 들어서면
솔숲에 묻어 있는 한 무더기 소 울음이
숨 멎은 철마를 잡고 민통선을 달리자네

－판문점/신미경

이 작품은 남북 정상이 판문점에서 역사적인 만남을 계기로 아픈 과
거를 모두 덮어버리고 이 땅에 영원한 평화를 이룩하자는 국민의 염원
을 담아 쓴 것이다. 역시 상상력이 매우 뛰어나다. 원관념을 감추고 보
조관념만으로 화자의 심정을 잘 표현하고 있다.

초장에서 '암호를 푼다'는 표현도 '낯설게 하기'이다. 암호를 풀 수가
없어 못 가본 땅이었다. 그 암호는 이념이란 비밀번호를 맞추어야 풀리
며 오직 양 쪽 최고 권력자만이 풀 수 있는 비밀번호이다.

중장에서 정주영 회장이 소 떼를 몰고 가던 그 모습을 그려내고 있
다. 천여 마리의 소가 낯선 땅에 들어서며 '음매, 음매'하고 울었을 것이
다. 왜냐하면 짐승일망정 목숨을 담보로 문이 열렸기 때문에 자신들의
미래가 향후 어떻게 전개될지 알 수 없어서, 또는 고향으로 되돌아 갈
수 없는 자신의 신세를 한탄하면서 펑펑 울었을 것이라는 상상을 해보
면, 짐승의 애절한 그 울음소리가 아직도 솔숲에 남아 있는 것 같은 환
청에 사로잡히게 된다. 이 역시 상상력이다. '묻어 있다'라는 표현도 신

선하다. '소리'는 들리는 것이라는 관념의 지배를 받아 왔다. 그래서 '들리는 듯하다, 또는 귀에 쟁쟁 울린다.'같은 표현은 일상화된 언어이지만 '소리가 묻어있다.' 또는 '소리가 배어 있다.'라는 표현은 같은 의미임에도 불구하고 왠지 낯설게 느껴진다. 이런 표현을 '신선하다'고 하는 것이다.

그리고 종장에서는 남북이 화해하고 휴전선을 없애자는 희망으로 마감하였다. 아마 화자는 이미 잠자는 열차를 깨워 평화의 땅을 여행 중인지도 모르겠다. 온 민족의 염원이 이루어지기를 간절히 소망하는 화자의 간절한 마음이 엿보이는 대목이다.

9. 메시지

문학 작품에 있어 메시지란 그 작품에 담겨 있는 의도나 사상을 말한다. 여기서 '의도와 사상'은 화자(작가)의 사상과 철학을 대변하는 것으로 작품 전체를 통하여 독자에게 전하고 싶은 바가(주장 하는 내용) 무엇인지를 파악하게 된다. 메시지를 담아내는 방법은 작품 속에 등장하는 사물이 의인화된 모습으로 독자를 만나거나, 작품 전체를 통하여 전달하기도 한다. '하여가'는 자연현상을 빗대어 상대방의 의중을 떠보고 있지만 세상살이를 모나게 살지 말고 둥글둥글 살라는 메시지를 전하고 있으며, '단심가'는 비유를 통하여 상대방에게 자신의 생각을 은연중에 전달하는 방식으로 변치 않는 선비의 지조(절개)를 대변하는 말이다.

즉 우리는 종종 "행간을 읽는다."라는 말을 하는데 이 행간이란 의미가 메시지에 해당한다고 본다. 시조문학에서 자연현상이나 선경만을 그려내는 것만으로는 메시지를 담아내는 것은 쉬운 일이 아니다.

①
검으면 희다하고 희면 검다하네
검거나 희거나 옳다함이 전혀 없다.
창호로 귀 막고 눈 막아 듣도 보도 말리라

— 김수장

②
구름이 무심탄 말이 아마도 허랑하다.
중천에 떠 있어 임의로 다니면서
구태여 광명한 날빛츨 따라가며 덮느니

— 이존오

①은 당파싸움의 부당함을 지적한 글이다. 예나 지금이나 권력싸움은 변함이 없나보다. 문장 어디에도 당파싸움 얘기는 안 나오지만 글 전체를 통하여 주는 메시지는 백성을 핑계로 자기이익을 위해 싸우는, 허울뿐인 정치인들의 이야기를 곧이 듣지 않겠다는 얘기다.

②는 고려 공민왕 때 간승(奸僧) 신돈의 횡포를 보고 이를 탄핵하다가 좌천되어 낙향한 이존오의 작품이다. 이 글에서는 비유를 통하여 독자에게 메시지를 전하고 있다. '구름' '무심하다' '허랑하다' '임의로 떠다니다' '광명한 날빛츨'같은 비유로 글을 엮어 화자의 견해를 행간에

숨겨둔 작품이다. 즉 간신배들을 조심하라는 메시지를 숨겨두었다. 요즘도 우리는 '눈을 가린다.'든지 '콩깍지를 씌운다.' 같은 말을 사용하는데 이 모두 일상화 된 비유법의 하나이다.

현대시조 작품을 본다.

①
도심 하구 떼밀려 온 장삼이사 모래알들
뉘엿한 해 등에 지고 스크럼을 짜고 있다.
발치엔 무저갱(無底坑) 바다 아가리 쩍 벌리고.
　　　　　　　　　　　　　－"종묘공원 삼각주"/이순권

②
모였다 흩어지는 일체 속의 티끌 한 점
억겁다생 부대끼다 장엄으로 이룬 절경
한 뼘 발 어디로 떼야 제 자리를 찾을까
　　　　　　　　　　　　　－"대협곡을 보며"/김순자

③
여기요! 돼지고기 2인분씩 추가요
한 무리 단체손님으로 홀 안은 와자지껄
삼겹살 굽는 냄새에 지독히 허기 몰려
　　　　　　　　　　　　　－"늦은 식사" 둘째 수

①이 작품은 퇴직자의 삶을 그려내고 있다. 젊은 시절 한 때는 내로라하는 능력과 혈기로 직장에서 패기와 당당함으로 살았지만 지금은

할 일이 없이 종묘공원에 놀러 나가 하루를 소일하는 퇴직자의 삶을 형상화 하여 '장삼이사' '모래알' '뉘엿한 해' '스크럼' '무저갱' 등에 비유를 끌어 들임으로써 퇴직 후의 답답한 심정을 전하고 있다.

무저갱(無底坑)이란 악마가 벌을 받아 한번 떨어지게 되면 영원히 나오지 못한다는 밑 닿는 데가 없는 구렁텅이를 말한다. 발길 닿는 데마다 무저갱 바다인 셈이다. 퇴직자에게 일자리를 제공하지 못하는 사회구조가 곧 무저갱바다이다.

이 작품이 독자에게 주는 메시지는 무엇일까? 아마도 사회구조의 모순을 고발하는 내용이 될 것이다.

②는 장엄한 대 협곡을 보면서 신의 섭리를 새삼 깨닫고 어떤 삶의 이정표를 세워야 할지 고민하는 화자의 마음이 엿보이는 작품이다. 지 작품에서 화자가 말하고 싶은 메시지는 무엇일까?

심오한 철학적 의문을 던지게 하는 작품이라 하겠다.

③은 메시지가 없는 작품이다. 그냥 대화체로 된 일상어를 시조형식에 맞추었을 뿐이다. 선경(仙境)이나 자연현상은 아무리 잘 그려냈다고 하더라도 신선미와 생명력을 상실한 작품이 되기 쉽다.

지금 내가 왜 이 시조를 짓고 있는지 생각해 보면 무엇인가 독자에게 전하고 싶은 말이 있기 때문일 것이다. 이것이 핵심이다. 이 말(시어)을 다른 현상이나 사물에 빗대어 말하므로 서 자신의 사상과 철학 또는 속내를 은연중에 전달해 주거나 주장하고 싶기 때문일 것이다. 이 전달해 주려는 내용을 숨겨 놓은 것이 메시지이며 이 행간을 찾아내는 것은 독자의 몫이 된다.

④ 새내기/우수향

이른 봄 종로거리 꿈 다른 많은 꽃들
눈부신 설렘으로 이력서 목에 걸고
뿌리도 못 내리고서 이곳저곳 기웃대네.

이 작품을 보는 순간 이른 봄에 대학을 졸업하고 사회로 첫발을 내딛는 새내기 초년생이 떠올랐다. 종로 4−5가에 가면 많은 봄꽃들이 길가로 나와 새 주인을 기다리는 풍경을 볼 수 있다. 해마다 쏟아져 나오는 새내기들, 희망의 봄은 왔지만 그들이 정착하여 꿈을 이룰 자리는 하늘의 별따기 만큼이나 어렵다.

초장 '꿈 다른 많은 꽃'은 여러 종류의 꽃을 표현하긴 했지만 '포부가 다 다른' 새내기를 말하는 것이다. 원 관념은 감추고 보조관념만 나타나 있다. 중장은 상상력이 뛰어나다. '눈부신 설렘'은 새내기 졸업생들의 가슴 뛰는 희망을, "이력서 목에 건다."는 말은 꽃에 걸린 이름표를 보면서 직장을 구하기 위해 이력서를 들고 여기저기 찾아다니는 모습을 그려내고 있다. 종장에 '뿌리를 못 내린다.'는 자리를 잡지 못했다, 즉 직장을 구하지 못했다는 의미로 역시 보조관념만으로 문장을 구성하였다.

화자는 이러한 비유들을 환유의 공간적 인접성에서 찾아냈다. 그러면 화자가 독자에게 전하는 메시지는 무엇일까? 그들에게 일자리를 주라는 외침이다. 이 일자리는 누가 만드는가. 사회이며 정부이다. 종로 길거리에 새 주인을 기다리는 꽃의 모습에서 새내기들의 간절하고 애

타는 눈빛을 발견한다.

10. 시조 창작시 유의 사항

시조 창작시 시조의 내외적 정체성을 유지하는 일은 필수적 사항이다. 특히 시조는 품격 높은 우리만의 독특한 전통 시로서 그 품위를 손상시켜서는 안 되며 아픔은 치유되고 절망은 희망으로 승화시키는 글이 되어야 한다.

일반적으로 유의 할 점을 열거하면 다음과 같다.

① 시적 대상을 설명하거나 묘사하지 않는다.

② 명령조, 구호, 훈육, 비하(卑下), 냉조적(冷嘲的) 표현은 피한다.

③ 은유법 등 수사법을 활용한다.

④ 이미 기호화 된 말은 피하고 〈낯설게 하기〉를 시도한다.

⑤ 상상력을 동원한다.

⑥ 종장 첫 소절에 관형격 조사 '-의'를 사용하지 않는다.

⑦ 종장 후구는 반드시 현재형 술어로 마감한다.(도치법인 경우 제외)

⑧ 어떤 경우에도 시조의 정체성은 유지한다.

⑨ 몇 번의 퇴고를 거친다.

⑩ "낯설게 하기"를 시도하여 신선미를 유지한다.

⑪ 분리할 수 없는 말을 강제 분할하지 않는다.

⑫ 독자에게 희망을 주는 글이 되도록 한다.

⑬ 미래를 내다보는 안목으로 예술성을 살려낸다.

연시조에는 두 가지가 있다. <聯時調>와 <連時調>의 구분이다. <聯時調>는 두 수 이상의 평시조가 하나의 주제 아래 두 수 이상의 단시조로 엮어낸 시조 형식을 말하고 <連時調>는 한 제목 하에 두 수 이상의 단시조로 된 시조형식을 말한다. 얼핏 보면 같은 말 같지만 주제가 하나인가, 제목이 하나인가에 따라 분류가 달라진다.

(사)한국시조협회에서는 현대시조의 대부분이 같은 제목을 두고 상(象)이 같은 두수 이상의 작품을 짓기 때문에 <聯詩調>라 하지 않고 <連時調>라는 공식명칭을 부여하고 있다.

<聯時調>는 각 수(단시조 한편)가 주제는 같지만 내용은 별개의 독립적 구조이다.

<오우가>를 예로 들면 주제는 <오우가>이지만 그 내용은 상(象)

이 각기 다르다.

즉, 첫수와 수(水), 석(石), 송(松), 죽(竹), 달(月) 등 6개의 각기 다른 단시조를 모아 <오우가>라 하였다.

첫수: 내 버디 몃치나 하니 수석과 송죽이라/동산에 달 오르니 긔
더욱 반갑고야/두어라 이 다섯 밧긔 또 더하여 머엇하리//

둘째 수; 구룸 빗치 조타하나 검기를 자로한다/바람소리 맑다하
나 그칠적이 하노매라/조코도 그츨 뉘 업기난 믈뿐인가 하노라//

셋째 수; 고즌 무스 일로 퓌며서 쉬이 지고/플난 어찌하야 프르난
듯 누른나니/아마도 변치 않을 손 바회뿐인가 하노라//

넷째 수; 더우면 곳 픠고 치우면 닙 디가늘/솔아 너는 덛디 눈서
리를 모르난다/구천에 불희 고든 줄을 글로 하야 아노라//

다섯째 수; 나모도 나인거시 플도 아닌 거시/곳기는 뉘 시켜스며
속은 어이 뷔언는가/뎌러고 사시예 프르니 그를 됴하 하노라//

여섯째 수; 쟈근거시 노피뗘서 만물을 다 비취니/밤듕의 광명이
너만 하니 또 잇느냐/보고도 말 아니 하니 내 버디인가 하노라//

현대시조에서도 제목을 "양재천"라 하고 소제목으로 '봄, 여름, 가을,
겨울'에 대하여 각각 단시조 한편을 쓰고 이를 모아 <양재천>라는 주
제를 달았다 면 상(象)이 다른 양재천의 사계를 읊은 시조이므로 聯詩

調로 보아야 할 것이다.

현대 연시조 예문

양재천의 사계/김달호

봄
봄볕에 눈부신 듯 새싹들이 돋아나며
봄비를 기다리다 옹알옹알 말을 걸면
봄바람 어느새 와서 보슬비를 뿌려준다,

여름
잉어 떼 춤사위에 개구리도 뛰쳐나와
수초의 손을 잡고 밤새워 노래하면
풀꽃 든 화동들마다 둑방 따라 줄을 선다.

가을
유유한 양재천에 가을 엽서 도착하면
청계골 살던 청춘 황의(黃依)를 걸쳐 입고
보름달 하늘에 띄워 뱃놀이를 즐긴다.

겨울
청계산 넘는 구름 겨울 꽃을 안고 오면
환상의 나라인 듯 연인들이 모여들어
미래를 활짝 펴놓고 서사시를 그린다.

따라서 본고에서는 (사)한국시조협회에서 정하고 있는 연시조(連時

調)에 대하여 논하고자 한다. 이미 밝힌 바와 같이 연시조(連時調)는 단시조가 같은 제목 하에 두 수 이상 쓰인 작품을 말한다. 제목이 하나이므로 첫수는 물론 마지막 수까지 제목과 상(形象)이 연결되어 있어야 한다.

연시조는 각 수마다 평시조가 지켜야 할 조건을 각 수마다 지켜야 하는데 이를 독립성이라 말한다. 완결성은 각 수마다 독립적으로 완결된 상태를 유지해야 한다는 것이고 연관성은 각 수마다 제목과 관련성(關聯性)을 유지하고 있어야 한다.

1. 독립성(완결성)

연시조에서 말하는 독립성이란 각 수마다 독립적이어야 한다. 다시 말해 단시조 한 편처럼 완전한 시조 형태를 유지하고 있어야 한다. 단시조 한편과 마찬가지로 각 수는 각 장의 독립성, 장과 장, 구와 구의 연결성, 종장의 정체성 등의 요소를 반드시 갖추어야 한다. 이를 무시하면 자유시와 똑같아 진다는 점을 유의할 필요가 있다.

예문
성불사의 밤/이은상

성불사(成佛寺) 깊은 밤에 그윽한 풍경 소리
주승(主僧)은 잠이 들고 객(客)이 홀로 듣는 구나.
저 손아 마저 잠들어 혼자 울게 하여라.

댕그렁 울릴 제면 더 울릴까 맘 졸이고
끊인 젠 또 들리라 소리 나기 기다려져
새도록 풍경 소리 데리고 잠 못 이뤄 하노라.

이 예문을 보면 첫 수나 둘째수를 단시조 한편으로 해도 전혀 문제가 없다. 독립적이며 각각 완결된 상태를 유지하고 있다.

뿐만 아니라 상(象)이 같은 '성불사의 밤'이라는 제목과 첫 수나 둘째 수 모두 연관성을 유지하고 있다.

그러나 다음 예문을 보면 다른 점을 쉽게 발견할 수 있다.

겨울 자작나무/*** (둘째 수, 셋째 수)

몸 밖에 바람 치며 몸 안에 새겨온 꿈
말갛게 퍼져가는 한줌의 눈물 되어
둥글게 나이테 하나 몸속 깊이 새기며

어쩌다 너의 무리 대관령 능선에서
푸르게 뿌리내려 바람에 빗장 걸고
하얗게 흔들리면서 세상 안부 묻는가.

이 작품은 첫 수 종장 마무리를 '—새기며'로 하여 다음 수와 연결이 되고 있다. 연결어미 "—며"를 사용했기 때문이다. 첫수는 비독립적이며 완결성도 없다. 제목과 연관성은 유지하고 있고 시조 형식을 취하기는 하였지만 독립성이 없이 계속되었으므로 자유시로 분류 되어야 한다.

예문 하나를 더 본다.

스펨메일/***

눈발처럼 떠다니는 많고 많은 인파 속에
어쩌면 난 한낱 눈먼 스펨메일 같은 존재
무참히 구겨진 채로 휴지통에 던져질

눈길 한 번 받지 못한 외로 선 골방에서
팽개쳐져 들어 앉아 변명조차 잊었어도
엉켜진 오해의 시간 슬슬 풀 날 기다리는

이 작품은 형상화한 화자의 아름다운 그림을 제대로 살려내지 못한 아쉬운 작품이다. 첫수나 둘째 수 모두 종장 마무리를 '던져질', '기다리는'처럼 관형어로 마감하여 다음수와 연결을 시키고 있는 완전 비독립적이며 미완의 작품이다.

두 수가 같은 제목 하에 별개의 평시조 두 편이 아니라 자유시 한편으로 짜인 작품이다.

2. 제목과 각 수 연관성

각 편(수)마다 제목과 관련이 있어야 한다. 주제를 벗어나면 별도의 단시조 한편으로 분류해야 한다.

예문

①
비단 옷 입었어도 본바탕은 짚 검불이
무시로 일렁이는 시류타고 우쭐 댄다.
잡새만 배를 채우고 떠나버린 들판에서.

서풍에 저린 벙거지 보란 듯이 비껴쓰고
넘치는 금물결로 온 몸을 씻는다 해도
신의 뜻 거를 수 없는 너는 천생 허상인거.

뉘우침 부질없는 황량한 들녘에서
발자국 되짚으며 아쉬움에 목메어도
뜸부긴 울지 않는다, 구절초 핀 계절을.

— 김광수의 『허수아비 수상』

위 작품은 세 수짜리 연시조 이다. 첫수는 허수아비의 겉모습을, 둘째 수는 허수아비의 내면세계를, 셋째 수는 허수아비를 의인화 하였지만 보조관념만으로 화자의 사상이나 철학을 드러내고 있다. 세 수 모두 제목 "허수아비 수상"과 내용에 있어 연관성을 갖도록 짜진 작품이다.

②
하늘하늘 춤추던 아지랑이 숨어버리고
장엄한 청산만이 고고히 서 있구나
호수는 청람 빛 하늘 품어 안고 조는데.

파란 물 떨어질까 숨죽인 맑은 넋이

고즈넉이 아미 들어 우러러 본 천상에

구름이 활갯짓 훨훨 화엄경을 만든다.

—구름/***

예문 ②는 두 수로 된 연시조 이다. 첫수를 보면 주체가 "청산"이다.
주제인 구름과는 아무런 연관이 없는 작품으로 보인다. 주체가 '청산',
'구름'으로 어느 것이 주체인지 가늠하기 어렵다. 둘째 수에서만 종장
에 "구름이"라는 주제를 내세워 본문의 내용이 구름과 연관된 작품임
을 보여준다. 주제를 벗어나면 그 효과를 반감시키게 된다.

제7절
줄바꾸기(행갈이) 하는 법

행갈이의 주된 목적은 시각적, 청각적 이미지의 강조와 효율적인 운율의 창조를 위한 조치로 화자 또는 독자의 정서적 환기를 위해 필요하다.

단시조의 각 장(행:行)은 소절, 구(句), 또는 이들의 연합으로 구성되며 연시조는 두 수 이상의 연시조 연합으로 구성된다.

김소월의 <산유화>를 보면 그 행갈이가 어떻게 화자의 감정을 드러내고 있는지 알 수 있다.

산유화/김소월

산에는 꽃 피네
꽃이 피네
갈 봄 여름 없이

꽃이 피네.

산에
산에
피는 꽃은
저만치 혼자서 피어 있네.

산에서 우는 작은 새여
꽃이 좋아
산에서
사노라네.

산에는 꽃 지네
꽃이 지네
갈 봄 여름 없이
꽃이 지네.

자유시와 다르게 시조는 장과 장을 중요시하므로 여기서 행갈이를 하는 것이 원칙이다. 개화기 이후 시조는 모두 장에서 행갈이를 하였다.

그러나 화자의 정서적 감정을 환기시키거나 시각적 효과를 거두려는 의도에서 현대시조는 구과 구 사이에서도 줄바꾸기 하는 경우를 종종 본다.

예를 들면

①
이 몸이 죽고 죽어 일백 번 고쳐 죽어
백골이 진토 되어 넋이라도 있건 없건
임 향한 일편단심이야 가실 줄이 있으랴

-정몽주

②
싸리꽃잎 떠 흐르는
지리산 속 맑은 여울

태고한 그 숨결로
열어놓은 하동포구

은어 떼
펄펄 뛰노는
물결마저 은빛이다.

-고향서정9/김광수

예문 ①은 전통적인 행갈이 모습이다. 그러나 이와 다르게 ②는 구
(句)에서 행을 바꾸고 종장 전구에서는 소절 단위로 행갈이를 하였다.
이는 화자의 정서적 감정이 "은어 떼"에 최고 방점을 두었기 때문이다.

그러나 행갈이를 너무 많이 하게 되면 화자의 방점이 흐트러지게 되
고 운율에 지장을 받으며 시조에서 중요시하는 소절 또는 구에서의 의
미의 생성단위가 깨지게 된다.

아래 예문을 본다.

③
산사의 풍경

계곡물
소리는 내 귀를
씻어내고
풀벌레
울음소리 심장을
파고들며
서늘한
바람 한 자락
속세를 잊게 하네

이 작품은 행갈이를 이상하게 하여 의미가 이상해진다. '소리는 내 귀를' '씻어내고 풀벌레' '울음소리 심장을'처럼 오독을 하게 될 경우가 생긴다. 화자가 이처럼 행갈이를 한다는 것은 행갈이 한 곳 전체를 한 호흡으로 읽으라는 메시지이므로 시조의 형식통일안에서 말하는 '의미의 생성단위'가 되지 못한다. 이는 화자의 시조 이미지를 훼손하게 됨은 물론 운율이 강제로 구속당하는 결과를 초래하게 된다.

일반적인 행갈이의 효과는 어느 시어를 강조하느냐에 따라 다음과 같이 달라진다.
"그는 산사에 가서 낡은 석탑을 보았다."라는 글을 다음과 같이 행갈이 함으로서 그 효과가 다르게 나타난다.

가. 그는 산사에 가서

　　낡은 석탑을 보았다.　　　　　　　　　'산사와 석탑'을 강조

나. 그는

　　산사에 가서

　　낡은 석탑을 보았다.　　　　　　　　　'그, 산사, 석탑' 강조

다. 그는

　　산사에 가서

　　낡은

　　석탑을 보았다.　　　　　　　　　'그, 산사, 낡은 석탑'을 강조

라. 그는 산사에

　　가서

　　낡은 석탑을

　　보았다.　　　　　　　　　　'그, 가서, 낡은, 보았다'를 강조

마. 그는 산사에 가서 낡은

　　석탑을 보았다.　　　　　　　　　　'그, 석탑' 강조

바. 낡은

　　석탑을 보았다. 그는 산사에 가서

　　　　　　　　　'낡은, 석탑'을 강조(도치법 문장)

　　이와 같이 어느 부분에서 줄바꾸기를 하느냐에 따라 강조하는 부분
도 다르게 된다.

　　그러나 정형시조는 줄바꾸기에도 일정한 규칙이 있다. (사)한국시조
협회에 만든 행갈이(줄 바꾸기)를 보면 3장으로 하거나 각 장을 구 단위
로 행갈이를 할 수 있으나 구 단위로 할 때는 장과 장의 구분을 위해 장
과 장 사이를 한 줄(行)을 더 띄도록 권장하고 있다.

다음 예문은 <통일안>에서 허용된 행갈이 법으로 예문을 보면서 이해를 돕기로 한다.

① 장별로 하기(일반적 시행)
　　①-1 봄 처녀/이은상

　　봄 처녀 제 오시네 새 풀 옷을 입으셨네
　　한얀 구름 너울 쓰고 진주 이슬 신으셨네
　　꽃다발 가슴에 안고 뉘를 찾아오시는고.

　　님 찾아 가는 길에 내 집 앞을 지나시나
　　이상도 하오시다 행여 내게 오심인가
　　미얀코 어리석은 양 나가 물어 볼까나.

②전구 후구를 줄바꾸기를 한 경우
　　어깨를 투욱 치며/
　　반기는 벗 만난 저녁//

　　소주 한 잔 하자는 걸/
　　시간 없다 핑계대고//

　　싸락눈 내리는 거리를/
　　하염없이 걸었다.//

－김광수의 "그 사람은"

　　*(/)표시는 구를, (//)는 장을 나타냄

다음의 예문들은 모두 <통일안>에서 권장하지 않는 행갈이다.

③ 소절별 줄바꾸기

기계 속으로

빨려

들어가는

저 황금 빛

시간은

야금야금

누가

갉아 먹는가

이제는

색을 비우고

자서전을

써야 할 때.

④ 혼합형 줄바꾸기

④-1 "붉은 감기/***"

가을 산

다녀와서

홍시처럼 앓는 여인

가슬가슬한

이마 위에

낙엽 타는 냄새가 난다.

단풍만 담으라 했는데

불을 안고
왔
는
지

④−2 님오시거든/***(첫수)

운다고
가신님이 올리야
있겠냐만
밤하늘 별빛 속에 첫사랑
그리울 때
나 홀로 가슴 조이며 샌 일 알아주

시행 바꾸기는 여러 가지가 있겠으나 바람직한 방법은 ①②번이다. 시조는 내용(예술성)이 돋보이게 해야지 겉만 화려하게 치장하는 것은 생각에 따라 다를 수는 있겠으나 바람직 한 것은 아니라고 본다. ④−1, ④−2는 정체불명의 행갈이다.

특히 ④−2의 초장에서 "올리야/ 있겠냐만"은 통사적 의미를 강제로 분할하여 행갈이를 한바 이는 어법에도 어긋나 있는 것이다. 종장 후구의 음수가 2.3으로 역시 어긋나 있다.

고시조를 보면 초장 중장 종장이 한줄 내려쓰기로 되어 있으나 당시는 한글 맞춤법이 없던 시대이고 지금은 띄어쓰기. 문장부로까지 맞춤법을 반드시 지켜야 한다.

⑤ 피해야 할 줄바꾸기

⑤-1 한(恨)/***

겹
겹
이
쌓아 올린
해묵은 사연들을

말
아
서
훑어 내려
녹물에 헹군 슬픔
　아직도
타다 남은 한! 빨래 줄에 바랜다.

⑤-2 님오시거든/***(둘째 수)

홍매화
＞
다시 피고
산유화 열매지고

>

삭풍에

>

이내몸이

골백번 찢어져도

>

행여나

>

예 오실 때는 나 본 듯이 안아주

⑥ 기타 이상한 표기의 작품들

　⑥-1 띄어쓰기를 무시한 작품

　첫차타고눈감으니선들이꿈틀댄다잠덜깬바다속으로물감되어가
라앉아저녀른새벽어장에　먹물풀어편지쓴다.

―완도를 가다(둘째 수)/***

　⑥-2 장과 장이 구분 안 된 작품

　더딘 우리 사랑도 눈물 콧물 닦아주며 한 없이 걷다보면 몇 겁을
건너 와선 저렇게 들꽃으로 환히 다시 피어날 일이네.

―화석/***

　⑥-3 연시조 수와 수가 구분 안 된 작품

　잘려지고 꺾어지는 아픔과 고통 없이

뻗힌 가지 가운데로 살고 싶은 길을 찾아
산천을 헤매었어요 선택되기 전까지는
내 바라던 모습아닌 그분이 원하는 대로
구내 원하는 모습 아닌 그분의 방식대로
순종의 형상을 닮은 작품하나 만듭니다.

－분재 습작기/***

⑥－4 반달 그리기

한
　쪽
　　무릎
　　　세우고
　　　　새침하게
　　　　　앉아 있는
　　　　　볼우물이
　　　　　　너무예쁜
　　　　　천상 여자
　　　　　여자 같은
　　　　　내 누이
　　　　고운 눈썹이
　　　산머리에
　　　걸려
　　있
　　네

－초승달/***

⑥-5 돛단배 그리기

사
　냥꾼
　의공포
　한발에달
이지는삼한의
　　하류겨
　　을어귀에
　　나를내리고
　　돌아가는빈배
　　를
　　보
　　며
눈물을 보이지 않지만 그대 거짓은 너무 희다.

- 을숙도 삽화(揷畵)/***

⑥-9 엇시조 형

냄새 밭 한 구석, 두 손 싹싹 비네.

여기저기 땅속 바다 헤엄치며 다니다가, 갑자기 튀어나오니 봄
햇살이 너무 밝네.

하느님 내려다보니 더욱이나 두렵네.

너무도 잔인한 세상 아닌가, 밭고랑 내딛는 걸음, 자꾸만 흔들리네.

떨리는 마음으로 하느님 바라보네.

콩새가 콩인 줄 알고 삼키면 어쩌나, 알겠네, 발다닥까지 비벼대
는 마음을!

— 땅강아지/***전문

세 수로 된 연시조인데 엇시조 형으로 행갈이를 하였다. 아무리 내용
이 좋아도 이런 식으로 줄바꾸기를 하는 것은 그 의도하는 바가 무엇인
지 이해하기 어렵다.

단순히 남과 차별화를 위한 의도이거나 멋을 부리려는 의도라면 이
는 지양(止揚)해야 할 행갈이 방법이다.

제8절

시조 품격

1. 외래어와 혼용

①

chirping chirping

볼수록 애교 만점

나누며 함께 살자 합창하며 춤을 춘다

놔둬라

야생으로 살아가게 거룩한 하늘 말씀

　　　　　　　　　　　　　　　　－미국보스턴과 아틀랜틱시티/***

②

하루 한 송이씩 물감 풀어 놓아 가면

if winter comes

can spring be for behind?

우리들 옛 할아버지께선 겻불도 쬐지 않는 댔다.

─"소한도" 둘째 수/***

③

탁록(啄鹿)10년 안타전 임란 7년 쑥대밭

'동북공정'"혹" 어허! 어허! '씨족공정 "혹" 어허이!

이어도 "잽" , 독도 jap jap

"엎카드 '업카드', 허어이...

─부도옹(不倒翁)/***

④

타고난 사람 '8자'가 'Zero'라 탓을 말고

평생에 기회를 세 번이나 맞는다니

인생길 '∞' 앞세워서 무단히 도전 하시라

─'8자 풀이' 둘째 수/***

이러한 시조들은 새로운 것이 아니라 시조의 기본 질서를 파괴하는 것이다.

시조는 우리말로, 우리 글로 된 민족의 영혼이다. 시조의 영혼을 지켜내야 한다.

시조는 품격이 있는 문학 장르이므로 표현 하나하나에 신중을 기해야 한다. 물론 의도적으로 하는 경우가 없는 것은 아니나 이럴 경우라도 시조의 형식을 벗어나거나 의미를 훼손하는 것, 맞춤법을 무시한 것, 비하 하는 것 등 여러 가지를 생각하여야 한다.

2. 시조는 품격이다.

①
작은 눈 납작한 코 지지리도 못난 얼굴
제 발로 고약한 냄새 코 찌르는 꼴불견
다음번 선거에서 상판대기 보자구

― 아줌마/***

②
조센진 빠가야로 악담하던 쪽바리들
독도를 제 땅이라 다께시마 이름 하니
왜인들 도로 보더냐 기타나이 도둑심리

― 왜인왜곡/***

③
기미년 함성자리
꾀죄죄한 노인들

지갑 속 비상금이 꼬깃한 천원 두장

하루해 보내는 길에
여비로 보태 쓴다

― <파고다공원 단상>/***

* 피해가야 할 말들

- 욕설, 저속어(놈, 멍청이 같은 말)
- '서방질', '계집질', '바람둥이' 같은 저속어
- 경상도 문둥이, 서울깍쟁이 같은 비속어
- 그래유, 그랬당게 같은 지방 사투리
- 쪽발이, 떼국놈, 욕
- 까발리다 같은 속어
- 제 까짓게, 꾀죄죄한 같은 무시하는 말
- 늑대 여우 개 같은 말에 비유하여 격을 떨어뜨리는 말
- 애꾸눈, 절뚝발이 같은 신체의 약점을 지칭하는 말
- 입 좀 다물 라, 말귀를 못 알아먹다 같은 막말
- 음담패설 같은 말
- 속어, 줄임 말 등 등
- 신조어

아래 수록한 작품은 아주 특이한 작품들만 모았다.

많은 사람의 시선을 끄는 것보다 시조의 틀을 파괴하면 안 된다는 것이 필자의 생각이다.

① 생략법을 도입한 작품

한달음 사계절을 다 가도 가겠건만

…

…

…

뚝 뚝 뚝 떨구어 버린 야속한 이별가

—"가을의 끝"/***

― 시조에서 생략법이 가능한 것인지 심사숙고할 일이다.

과연 "…"을 장 하나로 볼 것인지부터 연구해야 할 과제이다. 시조에
서 이런 형태의 작품은 자유시로 분류되어야 할 것이다.

장과 장의 독립성과 연결성, 구 단위의 의미는 완전 무시되고 만다.

② 종장 첫마디(밑줄 친 부분)

　바람 앞에 떠는 가지, 한 세월 휘는 생애
　만 갈래 잔주름에 하마 붉은 노을 들고
　그래, 그 맺힌 고 풀고 내가 너를 보낸다.
　　　　　　　　　　　　　―"그래, 그 풀쳐 생각"/***

"그래,"와 "그"는 분명 다른 말이다 그런데 "그래, 그"로 종장 첫 소절
을 만들 수 있다면 종장 쓰기는 왜 어렵다고 하는지 생각해 봐야 한다.
종장 첫 소절 3자는 반드시 독립적 의미를 지닌 시어가 와야 한다.

③ 장이 늘어난 경우

　악!
　혀를 깨물었다
　아흐흐 나 죽었네

　도대체
　형법 몇 조 몇 항의 무슨 죄로

일찍이

한 여인을 울린

그 죄밖엔 난 모르오.

— "그 죄 밖에"/***

"악!"은 분명 하나의 문장이다. 초장의 소절수가 다섯이 되고 장도 하나 더 생겨서 4장시조가 된다.

④명사만으로 된 작품

안하무인 무소불위 양두구육 인면수심

설상가상 동문서답 적반하장 마이동풍

오호라 목불인견에 망연자실하것다.

— 사자성어로 읽는 시국/***

— 명사의 나열이다. 구는 하나로 연결되어 하나의 의미를 만들어야 하는데 이 경우는 각 소절마다 의미가 다르므로 의미 생성 단위가 필요 이상으로 많아지게 된다. 즉 구를 이룰 수 없다는 이야기가 된다.

— 종장은 세 소절이다. '망연자실하다'는 하나의 낱말이다.

⑤ 숫자 표기법

평균 수심 751m 2500만년 이상의 비밀을 간직한

지구의 푸른 눈동자 바이칼호수여

오늘도 허허 청청청 침묵들이 일렁인다.

—아! 바이칼 호수/***

—시조는 숫자 표기도 시조다워야 한다.

　시조는 과학이나 정밀을 요하는 수학이 아니다.

—'평균 수심 칠백오십일미터 이천오백만년 이상의 비밀을 간직한'

　...음수 26자로 기본 음수 14자보다 무려 배 가까운 음수이다.

　사설시조로 쓴 것이라면 문제가 없겠지만 정형시조로 보기는 어

　렵다.

⑥ 명령조나 구호(口號)의 작품

눈을 뜨자 일어나자

두 팔 다리 한껏 뻗자

온 몸을 곧추세워

하늘 땅도 밀어내자

우지끈

터진 바위틈

청보랏빛 오랑캐꽃

—"숨결"/***

—명령조의 작품은 피하는 것이 좋다. 종장은 초장 중장과 별 관련이

　없어 보인다.

⑦ 수학 공식의 작품

슬픔 반 술, 근심 한 스푼
짠 눈물, 한숨 약간

36.5c+36.5c
단 서서히 익힐 것

톡 쏘는 겨자 양념에
이 아찔한 사는 맛

－"조리법"/***

－시조는 수학의 공식을 요구하지 않는다.
－중장 전구는 '삼십육점오도씨 더하기 삼십육점오도씨"처럼 읽어
야 한다.

⑧ 경어 사용 작품

자리가 나오시면 앉아도 됩니다.

상품이 들어오시면 교환 가능합니다.

가격은 얼마신가요?

만 원이세요

싸시죠?

—"주객전도"/***

—작가가 의도적으로 이런 작품을 지었다는 것은 이해가 되나 대화
  체이다.
—시조형식에 맞는 지 다시 한 번 생각해 봐야 한다. 적절한 문장 부
  호 사용이 필요하다.

⑨ 종장 첫마디의 줄임표 (...)

어느 먼 전설의 고향
별초롱 아직 내걸고 있다
죽음인 듯 고요 속을
빛살 하나 가득 물어 올리는
꼬끼오..........
꿈속처럼 아련하게
첫 닭 홰치는 소리

—"석점의 소리"/***

—시조에서 여운은 다른 시어로 표현해야 한다.
  더구나 종장 첫 소절 3자를 "..."으로 하는 것은 분명 정형에 어긋
  난다.

⑩ 가운뎃점 사용

좋·아·요·코·리·아
필·리·핀·영·국·사·람
우·리·추·석·지·내·더·니
엄·지·를·치·켜·들·며
코·리·아·최·고·란·다
울·려·라
우·리·징·소·리
열·린·세·상·끝·까·지

—"코리아2세"/***

—가운뎃점은 사용 불가하다. 가운뎃점은 의미 단위로 묶어나 짝을
이루는 어구에 사용한다.

　　예; 경상도·전라도·충청도·강원도
　　　　철수·영이, 통권 제1호·제2호·제3호, 사과·배, 토마토·
　　　　오이

제10절

서술문과 묘사문

1. 서술문(敍述文)

서술문이란 말하는 이가 자기의 생각이나 느낌을 객관적으로 진술하는 문장으로 특별한 수사적 기법이 요구 되지 않는다. 이와 같은 서술문은 일상적 언어로 쓰이기 때문에 독자 간의 소통은 빠르나 시적인 맛은 줄어들게 된다.

시조에서 함축성, 간결성, 상징성, 리듬, 이미지, 메시지 등을 살리기 위해서는 여러 상황을 염두에 두고 창작을 해야 시조다운 맛을 느끼게 할 수 있다.

①
필요이상 산이 많이 나오는 위산과다는

세 가지 증세로 신호를 보내온다.
속 쓰림 더부룩한 속, 신트림이 나온다.

　　　　　　　　　　　　　　　　　－위산과다/***

　위 문장을 보면 위산과다 증세에 대한 설명문이다. 앞서도 말했듯이
시조는 은유로 된 비유와 상징을 요구한다. 그러나 이 작품은 어디에도
비유나 상징이 없다.

　②
　1981년 1월 8일 금요일 하오 네 시
　시상식 참석바람 중앙일보 문화부

　지례면 우체국 지붕에
　첫 눈이 쌓이던 날

　　　　　　　　　　　　　　　　　－전보/***

　이 작품은 첫눈 오던 날에 시상식에 참석하라는 전보문의 내용이다.
어느 한 곳도 이미지를 만들지 못할 뿐 아니라 안내문 설명이다.
　아무리 음수 소절이 잘 맞는다 해도 시조로 보기는 어렵다. 시조는
자기주장이 있어야 한다.

　③
　오랜만에 카메라를 꺼내서 사용하려니
　작동이 되지 않는다 고장인가 살펴보니

방전이 되고 말았다 쓰지도 않았는데

—시간/***

이 작품 역시 카메라가 작동 안 되는 이유를 설명하고 있는 서술문이다. 전형적인 일상어의 조합들이다.

2. 묘사문(描寫文)

묘사문이란 어떤 대상이나 현상을 마치 사진 찍듯이 있는 그대로 자세히 표현한 글을 말한다. 묘사문은 독자가 이해하기 쉽도록 어떤 사실이나 이치를 객관적이며 논리적으로 설명한 글로서 마치 디지털 카메라로 사진을 찍듯이 대상을 자세히 설명하는 형식으로 자기주장이 들어가 있지 않다.

시조에는 비유를 통하여 함축적 이미지를 드러내야 한다. 풍부한 상상력과 행간에 박힌 의미를 찾아 낼 능력을 독자는 모두 지니고 있다. 행간의 의미를 찾아 낼 수 있는 능력은 반대로 숨길 수 있다는 능력도 있다는 뜻일 것이다.

①
봄날 양지쪽에 세 사람이 앉았습니다.
장모님과 딸 아이 그리고 아내입니다
꽃처럼 흙돌담처럼 장독처럼 앉았습니다.

—사진 찍기/***

이 작품은 사진을 찍으려고 모여든 사람들을 묘사한 문장이다.

시조의 조건을 맞춘 것이라고는 음수뿐임에도 불구하고 소절수가 안 맞고 있다. 자기주장이 없을 뿐 아니라 시제도 과거형이다. 게다가 경어를 사용하고 있는 점이 매우 어색하다.

②

구청장이 발급한 가족관계증명서엔

두 자녀, 배우자, 빠짐없이 다 있는데

떠나신 아버지 칸만 여백으로 남아 있네.

　　　　　　　　　　　　　　　　—관계증명서/***

이 작품은 설명문이다. 음수, 소절수도 맞지 않는다. "가족관계증명서"는 하나의 낱말이다. 분리해서 사용 할 수 없는 말이다. 총 음수는 맞더라도 소절수가 모자라게 된다. 초장은 음수가 4,3,8,0가 된다.

서술문이나 묘사문을 피하여 작품을 쓰려면 좋은 작품을 많이 읽는 방법 외엔 도리가 없다. 다시 한번 강조하지만 시조는 비유가 생명이다.

제11절
제목 달기

　고시조에서는 제목이 없다. 제목을 달기 시작한 것은 개화기에 접어들면서 나타나기 시작했다. 아마 최초의 제목은 1906년 대한매일신보에 발표된 혈죽가(대구여사)일 것이다. 1907년 3월 최남선이 발표한 "대한유학생 회보"에 국풍 4수가 실렸고 1926년에 발표된 "백팔번뇌/최남선"의 작품은 제목이 다 붙어 있다. 함화진(1884~1948)이나 허규일(1867~1937)의 작품은 같은 개화기시대의 작품이면서도 제목이 없다.

　참고로 구두점 사용과 띄어쓰기에 대해 알아본다.
　김영철의『한국개화기시가연구』에 따르면 다음과 같이 나타나 있다.

　구두점 사용의 시발은 1896년 <친목회 회보>와<신정심상소화>, 그리고 1897년 1월 이봉운의 <국문정리>에서 나타난 것이

처음이며 띄어쓰기는 1902. 11. 22,국제신문 1357호>의 『신단사설』
이 처음이다.

　　제목 달기는 특별한 방법이나 제재는 없지만 대체적으로 다음과 같
이 하면 무난하리라 본다.

　　① 본문을 상징하는 함축적 어휘로 한다.
　　② 신선한 소재를 택한다.
　　③ 구체적 언어로 한다.
　　　　예; 우주 → 별, 달, 구름 꽃 → 채송화, 진달래
　　④ '무제'는 피한다.
　　⑤ 동일 제목에 1,2,3 등으로 번호 매기기도 피한다.
　　⑥ 가능하면 외래어는 피한다, 예; 'AI', '프로프라놀롤'
　　⑦ 기호, 암호, 등도 피한다. 예; 'S#1', '장면 27과 56', 'ㅁ 빼고, ㅇ더
　　　　하고'
　　⑧ 감탄사 예; '쉿!', '아아!' 같은 제목은 적절치 않다.
　　⑨ 동사, 형용사도 피한다. 예; '달다', '쓰다', '예쁜', 형용사는 비독립적
　　　　언어이다.
　　⑩ 두 개 이상의 제목은 특별한 의도에만 사용한다.
　　　　예; '꽃, 아다지오', '홍시, 혹은 '겨울, 포구'
　　　　　　(제목이 하나인지 둘인지 애매하다. 분명하고 구체적일수록
　　　　　　좋다.)

퇴고는 형상화 못지않게 중요한 부분이다. 시문을 가다듬고 고치는 과정이다. 시조에서 퇴고는 공기청정기이다. 퇴고에는 다음과 같은 원칙이 있다. 즉 삭제(deletion), 첨가(addition), 재구성(reconstitution)이다. 삭제는 시조의 간결성을 위해 필요하다. 음수와 소절을 위해서도 필요하지만 일사일언의 적절한 시어가 도입되었는지, 그렇지 못하다면 과감히 삭제하고 다른 시어를 찾아야 한다.

첨가의 원칙은 말 그대로 필요한 말을 보태는 것이다. 이 역시 음수와 운율, 소절을 맞추기 위해 필요하다.

재구성은 문장의 어순을 바꾸거나 구와 구, 장과 장을 바꾸거나 완전히 다른 표현으로 재구성하는 것이다. 재구성은 어색함이나 논리의 모순, 비유의 오용과 남용을 피하는 길이다.

몇 가지 중요한 사항을 열거해 보면

- 음수와 소절이 맞는지
- 구(句)를 제대로 만들고 있는지
- 통사적 언어를 강제 분할하지는 않았는지
- 종장 첫마디를 잘 사용 했는지
- 종장 후구 마무리를 닫힌 시조로 했는지
- 장과 장은 독립성과 연결성을 유지하고 있는지
- 연시조의 조건을 유지 했는지
- 비유의 남용과 오용은 없는지
- 화자의 결의는 나타나고 있는지
- '낯설게 하기'를 하여 신선미를 갖추었는지
- 주제를 벗어나지는 않았는지
- 독창성은 있는지
- 행갈이는 적절한지
- 우리말로 순화 하였는지
- 외래어 표기는 표기법을 준수하였는지.

이상과 같은 유의점을 되짚어 보며 퇴고의 단계를 거친다면 반드시 좋은 작품을 생산할 수 있다.

제2장

수사법

수사법에는 크게 비유법, 강조법, 변화법 등으로 분류할 수 있다.

1) 비유법

① 직유법

두 사물을 직접 비유하는 수사법 '~같이, ~같은, ~처럼, ~듯이, ~(인)양' 등의 말로 연결하여 비유하게 된다.

'초봄의 설렘 같은'. '첫날밤의 수줍음 같은'

② 은유법

원관념과 보조관념을 간접적으로 연결시키는 수사법.

'내 마음은 호수다.' '청산은 내 뜻이요 녹수는 임의 정이'

③ 의인법

사물을 의인화 하는 수사법

'성난 파도, 파초의 꿈' '청산리 벽계수야 수이 감을 자랑마라'

④ 활유법

생명이 없는 것을 생명이 있는 것처럼 하는 수사법

'기차 꼬리가 터널 안으로 사라진다.'

'내 벗이 몇인가 하니 수석과 송죽이라'

⑤ 풍유법

원관념은 감추고 보조관념으로 전체를 채우는 수사법

'까마귀 싸우는 골에 백로야 가지마라/성난 까마귀 흰빛을 새오나니/청강에 조히 씻은 몸 더럽힐까 하노라//

⑥ 대유법(제유법과 환유법)

ㄱ. 제유법; 사물의 한 부분으로 전체를 나타내는 수사법.

'빼앗긴 들에도 봄은 오는가.' ─빼앗긴 들은 조국을 상징

빵만으로 살 수 없다.' ─빵=식량

ㄴ. 환유법; 사물이나 사실을 표현하기 위해 그와 가까운 낱말을 사용하는 수사법

'콩나물시루 ─빽빽하다, 어사화 ─출세

⑦ 의성법

소리를 나타내는 수사법

'눈 풀풀 점심홍이요, 술 충충 의부백을'

⑧ 의태법

　동작이나 행동을 나타내는 수사법

　'모락모락 김 오르는 다향에 스민 마음'

⑨ 상징법

　보조관념만으로 원 관념을 나타내는 수사법

　'거수경례－충성, 면사포－결혼

　'반 천년 왕업이 물소리 뿐이로다'

⑩ 우화법

　인간 사회를 풍자하는 수사법

　'이솝우화' '소머리국밥 먹고 트림하면 소 울음소리 난다.'

⑪ 중의법

　한 단어로 두 가지 의미를 나타내는 수사법

　'청산리 벽계수야 수이 감을 자랑마라/일도창해하면 돌아오기 어
려워라/명월이 만공산 하니 쉬어간 들 어떠리//

⑫ 희언법

　같은 말을 다른 의미로 쓰거나 동음이자를 사용하는 수사법

　인문주의(人文主義)－인문주의(人文注意)

　'찬비 맞았으니 얼어 잘까 하노라'

⑬ 냉조법

　비꼬거나 야유조로 쓰는 수사법

하하 허허 한들 내 우움이 졍 우움가/하 어쳑 업서셔 늦기다가 그리되게/벗님네 웃지들 말구려 아귀 찢어지리라//

⑭ 풍자법

사회의 부조리나 인간의 모순을 빗대어 비판하는 수사법

구름이 무심탄 말이 아마도 허랑하다/중천에 떠 있어 임의로 다니면서/구태여 광명한 낯빛을 따라가며 덮느냐//

2) 강조법

① 과장법

실제보다 더 크게 늘리거나 줄여서 하는 수사법

'대붕을 손으로 잡아 구워 먹고/곤륜산 여페 끼고 북해를 건너뛰니/태산이 발 끝에 차이어 왜각데각 하여라//

② 영탄법

감탄사나 의문의 형식을 빌려 표현하는 수사법

'아마도 세상일이야 다 이런가 하노라.'

③ 반복법

동일한 낱말을 반복하여 사용하는 수사법

'오르고 또 오르면 못 오를 이 없건마는'

④ 점층법

점점 강하게 하거나 약하게 하는 수사법

'수신제가치국평천하'

⑤ 점강법

점점 작아지게 하는 수사법

　'평천하 치국 제가 수신'

⑥ 연쇄법

앞 구절의 끝을 다음구절에서 되풀이하는 수사법

　'닭아 닭아 우지마라, 네가 울면 내가 울고'

⑦ 돈강법

앞에서 의미나 감정의 절정을 만들어 놓고 갑자기 낮게 떨어지거나
냉정해지는 수사법

　'내 오늘 서울에 와 만평 적막을 산다./안개처럼 가랑비처럼 흩고
막 뿌릴까보다/바닥난 호주머니엔 주고 간 명함 한 장//

⑧ 대조법

대립되는 것을 내세워 인상을 선명히 하는 수사법

　'홍안을 어디 두고 백골만 무쳤는다'

⑨ 미화법

실제보다 아름답게 표현하는 수사법

　'변소−화장실, 거지−집 없는 천사

⑩ 열거법

나란히 나열하는 방식의 수사법. 사설시조에서 많이 볼 수 있다.

⑪ 억양법

처음에 올렸다가 나중에 내리거나 먼저 낮추고 나중에 올리는 수사법

　　'겉보긴 험상궂어도 속은 착하다.'

⑫ 예증법

예를 들어 설명하는 수사법

　　'꽃을 피었다'는 틀린 표현이고 '꽃이 피었다'는 맞는 말이다.

⑬ 비교법

비교하여 한쪽을 강조하는 수사법

　　'너의 넋은 수녀보다 예쁘다.'

3) 변화법

① 도치법

강조하고자 하는 단어를 바꿔 쓴 수사법

　　'이시랴 하더마는 제 구태어' '또 한 겹 고름을 푼다, 꽃등 하나 매

　　달고저.'

② 대구법

비슷하거나 상관이 있는 말을 짝지어 절과 절, 구와 구로 표현 하는
수사법

　　'산에는 눈이 오고 들에는 비가 온다.'

③ 설의법

결론부분에서 의문 형식으로 강조하는 수사법

　'임향한 일편단심이야 가실 줄이 있으랴.'

　'아득한 태고를 산다, 신앙 같은 순결로.

④ 인용법

속담이나 격언 등을 인용하는 수사법

　'오조(烏鳥)도 반포(反哺)를 하니 부모 효도 하여라'

⑤ 문답법

문답형식으로 표현하는 수사법

　'동창이 밝았느냐 노고지리 우지진다/소 칠 아이는 상기 아니 이 렀느냐/재 너머 사래 긴 밭을 언제 갈려 하느냐//'

⑥ 반어법

원 뜻과는 반대되는 표현으로 강조하는 수사법

　'찬비 맞았으니 얼어 잘까 하노라'

　'미워서 떡 하나 더 준다.'

⑦ 역설법

모순되는 말로 표현하여 강조하는 수사법

　'무심한 달빛만 싣고 빈 배 저어 오노라.'

　'비어서 오히려 넘치는 무상한 별빛'

⑧ 명령법

독자에게 시키는 투로 표현하는 수사법

　　'잘 가노라 닷지 말려 못 가노라 쉬지 마라/브듸 긋지 말고 촌음을
앗겨 쓰라/가다가 중지 곳 하면 아니 감만 못하니라//

⑨ 경구법(aphorism)

'시간은 금이다.'처럼 경구를 인용하는 수사법

　　'시간은 금이니 촌음을 아껴 쓴다.'

⑩ 생략법

독자에게 여운을 남기기 위해 표현하는 수사법으로 시조에서는 사
용하기 어려움. 시조는 3장 6구 12소절을 요구하기 때문임

⑪ 돈호법

글 중간에 갑자기 사람이나 사물의 이름을 불러 주의를 환기시키는
수사법

　　'국화야 무삼 일로 삼월춘풍 다 지내고'

⑫ 현재법

과거의 사실이나 미래의 가상을 현재 일처럼 표현하는 수사법으로
시조는 현재형이다.

　　'불꽃이 이리 튀고 돌조각이 저리 튀고/밤을 낮을 삼아 징소리가
요란터니/불국사 백운교 위에 탑이 솟아오른다//"다보탑/"김상옥

⑬ 거례법

예를 들어 설명하는 수사법

　　'낙일은 서산에 져서 동해로 다시 나고'

⑭ 비약법

시간, 공간을 뛰어넘어 설명하는 수사법

　　'재 넘어 성권농 집의 술 익단 말 어제 듣고/누운 소 발로/ 박차 언
치 놓아 지즐타고/아희야 네 권농 계시냐 정좌수 왔다 사뢰라.' ―정
철(청구영언)

제3장

시조(時調)의 독립운동사

1. 시조 정체성의 법적 보호

2021년 4월 29일 문학진흥법이 개정되었다. 이 개정안에는 <시조>가 문학의 한 갈래(장르)로 인정되어 8백년 만에 처음으로 〔문학의 정의〕라는 개념에 포함되게 되었다.

제2조(정의)

이 법에서 사용하는 용어의 뜻은 다음과 같다. [개정 2021.5.18]

[시행일 2021.11.19]

1. "문학"이란 사상이나 감정 등을 언어로 표현한 예술작품으로서 시, 시조, 소설, 희곡, 수필, 아동문학, 평론 등을 말한다.

2. "문학인"이란 문학 창작과 관련된 활동을 하는 사람을 말한다.

3. "문학단체"란 문학인들이 문학 활동을 하기 위하여 조직 · 운

영하는 단체를 말한다.

4. "문학관 자료"란 문학 및 문학인 관련 자료로서 대통령령으로 정하는 기준에 부합하는 자료를 말한다.

5. "문학관"이란 문학관 자료를 수집 · 관리 · 보존 · 조사 · 연구 · 전시 · 홍보 · 교육하는 시설로서 제21조제1항에 따른 문학 관 자료, 인력 및 시설 등 등록 요건을 갖춘 시설을 말한다.

그리고 제3조에서 "국가와 지방자치단체의 책무"에 대한 내용이 명시되어 있다

즉 관련 기관은 시책을 강구하고 문인들의 창작과 향유와 관련된 제반 활동을 권장 보호하며 이런 활동에 수반 된 예산상의 조치를 취하도록 규정하고 있다.

그러므로 이 같은 법의 개정은 시조시인들의 문학 활동이 법(法) 안으로 들어와 보장된 권리를 누릴 수 있다는 것을 의미한다.

지금까지 시조는 이 땅에서 태어나 흙과 바람과 물소리를 먹고 살아왔지만 마치 이방인처럼 자유시(詩)에 눌려 존재감이 별로 없었다. 외세에 밀려 무관심과 홀대 속에 인동초 같은 삶을 살았던 시조(時調)가 드디어 진정한 독립을 맞고 법적으로 당당하게 한 가계(家系)를 꾸리게 되었다.

이제야 우리 민족의 영혼이 담긴 전통 시조가 서양에서 들어온 자유시와는 확연히 차별화된다는 점을 정부로부터 공식적으로 인정받은 것이다. 즉 정부가 시조의 정체성을 인정한 것이다. 이는 시조인 모두

의 기쁨이며 그 선두에 독립투사처럼 우리 협회가 앞장을 섰으니 더 큰 보람이 아닐 수 없다.

이에 시조의 태동기부터 현재까지 굽이굽이 흘러온 애환(哀歡)이 서린 역사를 다시 한번 살펴봄으로서 시조의 미래를 재설정하고자 한다.

우선 이 글에서 먼저 밝히고자 하는 것은 시조의 발생 연원이나 시조 작법에 대한 이론적 근거는 일체 논하지 않고 변천과정만을 더듬어 보려고 한다.

2. 초창기의 모습

여러 학자들의 연구에 따른 일반적 통설을 보면 시조가 이 땅에 태어난 것은 14세기 초쯤으로 추정된다. 이 무렵 서구에서는 이탈리아를 중심으로 소네트가 유행하던 시기이다. 시조는 출생당시 음악과 한 몸이었다. 「세종실록 47권」에 보면 "박연"이라는 음악가가 음악용어로서 "시조"라는 말을 당시에도 사용했다. 이는 『석북집』보다 약 340년 앞서 나온 책이다. 그로부터 8백 년이란 세월이 흘렀다. 조선왕조시대에는 사대적(事大的) 사상에 젖어 있어 한글이 창제되어 반포되었음에도 불구하고 우리의 시문학(詩文學)은 한시가 상류사회를 지배하고 있었다. 한편 시조는 선비들의 전유물이 되어 일반 백성은 감히 접근하기 어려운 시로 여겨져 오다가 1728년 6(음 5/16)월에 가객 김천택에 의해 『청구영언; 고시조 998수 가사17수』이 만들어지면서 보편화되기 시작했다고 해도 지나친 말은 아니라고 본다. 이 무렵은 이미 한글이 아녀자 등 여러 계층의 백성에게 보편화되었을 것이므로 선비들의 작품을 모방한 작품들이 시중에 유행 했을 것이라는 추측도 해 볼 수 있다. 청구영언에 수록된 작품을 보면 변주(變奏)와 공통어구가 사용된 작품이 많이 실려 있는데, 신경숙 박사는 이런 모방 작품이 무명의 일반 대중에게도 유행하고 있었음을 보여주는 증거라고 말한다.

『청구영언』 발간을 기점으로 하여 신분계급에 눌려 말 못하고 살던 서민들이 한글이라는 글자를 매개로 자신의 처지나 비천한 삶을 한탄하거나 사회적 불평등에 반항하는 글을 씀으로써 하류 공동체 간에도 소통하는 문화가 생기기 시작 했으나 이들은 자신의 이름을 감히 밝히지 못한 채 작품을 짓거나 노래, 특히 사설시조로 지어 울분을 토해 내는 문화가 보편화 되었을 것이라고 본다. 이런 시중의 떠도는 노래들을 가객들이 중심이 되어 여항(閭巷) 각지에서 수집하여 엮은 책이 『청구영언』이다. 선비 문학 중심에서 벗어나 신분이 낮은 일반인에게로 대중화 되는 계기가 되었을 것이다. 김천택의 청구영언 발문에 다음과 같은 표현에서 그의 마음이 잘 읽어낼 수 있다,

> "무릇 문장과 시율은 세상에 간행되어 영구히 전해지므로 천년을 지나도 없어지지 않는다. 고려 말부터 국조에 이르기까지 명공과 석사 및 여항인, 규수의 작품을 일일이 수집하여 한권의 책을 만들고 이름 하여 「청구영언」 이라 하였다."
>
> ─무신년(1728)"戊申 夏 五 旣望 南波老圃識"
>
> * 여름 5월 16일(양 6.,23) 남파노초 씀─
>
> * 1973.6.23. 은 근대사적으로 "평화통일 외교정책 선언일"이다.

그 발문을 보면 여항 각지에 이런 노래들이 유행했을 거라는 사실을 확인 할 수 있다. 물론 평시조보다 사설시조가 더 유행 했던 것으로 보인다.

시조의 외형적 틀과 문장구조의 짜임새만 보면 사설시조에 비해 평시조는 그 외형적 모습에서 정체성이 분명히 드러난다.

신경숙 교수의 고시조 자료에 따르면 청구영언에 수록된 작품 중 기명 작가는 평시조 기준으로 287 수이고 작자 미상이 177수에 이른다고 한다.

필자가 조사한 바로는 『청구영언』(1728 영조 4년)이 나온 이후의 개화기 전까지 나온 기명 작가는 평시조 기준 대개 53명 전후이고 나머지는 미상의 작품들이다.

고시조를 살펴보면 요즘 말로 표절 시비가 걸릴 작품이 상당이 많다. 이를 연구한 신경숙 교수는 "정형성을 엄격히 지키면서도 일부 시어 변개를 허락하며 자유로운 의미의 확장을 해나갔던 것이 시조 장르이다."라고 말한다.

"여러 시조작품들에서 관행적으로 허락된 이 시어들을 공통어구라 한다. 일종의 관습구이지만, 뻔한 매너리즘에 빠지는 시어가 아니라 공동체의 노래 경험이 만들어낸 문화적 동질감을 주는 공통어구이다."라고 한다.

고시조는 자세히 살펴보면 몇 가지 두드러진 특성이 나타나 있다.

첫째, 고시조는 노래(창)와 **한 몸**이었다.

둘째, 문장의 구성이 **음수율과 의미구조**로 짜여 있다.

셋째, 변주와 공통어구의 사용 작품이 많다.

넷째, 초기에는 선비 문학으로 출발했다.

다섯째, 선비들의 작품은 기명으로 되어 있다.

여섯째, 장과 구에 대한 개념이 정립되지 않았다.

고시조의 가장 중요한 특징은 다 아는 바이지만 처음부터 가곡(창)과 한 몸을 이루고 있었다는 점이다. 말하자면 동거하는 부부처럼 두 몸이 일심동체가 되어 한 가계(家系)를 이루고 있었는데 이는 개화기 전까지 계속되었다고 볼 수 있다. 신문이나 잡지의 역할이 본격적으로 나타난 시기는 개화기로, 이때 시조는 많은 변화를 하게 된다.

3. 개화기 모습

김영철은 『개화기시가 연구』에서 "**창곡적 시조시형이 아닌 문학적 시조시형으로 바뀌게 된 것은 <청춘>지 이후인 1920년대로 보아야 할 것이다.**"라고 말 한다.그러므로 개화기는 창이나 가곡 등 노랫말에서 읽기문학으로 전환 된 시기이기도 하다.

그러면 음악 용어인 시조를 언제부터 누가 문학용어로 사용하였는가?

육당 최남선이다. 최남선은 1926년 『조선문단』 5월호에 발표한 「**조선국민문학으로의 시조**」라는 논문에서 음악 용어에서 출발한 시조(時

調)라는 용어를 처음으로 문학용어에 도입하여 사용하였다.

춘원 이광수는 「백팔번뇌」의 발문에서 다음과 같이 밝히고 있다.

"六堂은 '유희(遊戲)이상의 時調'가 목표라고 밝히고 있다. 시조를
국문학 중에 중요한 것으로 소개한 이가 육당이며 그 형식을 위하여
새 생각을 가지고 시조를 처음 지은이가 육당이다.
　육당의 시조집「백팔번뇌」가 시조집 중에 효시로 세상에 나오게
된 것은 극히 의미가 깊은 일이다."
　이런 점을 미루어 볼 때 「백팔번뇌」는 현대시조의 기점이 된다고
하겠다. 이 말을 굳이 하는 것은 우리 시조사에서 최남선의 역할이
그만큼 컸다는 점을 강조하고 싶어서 이다."

이처럼 이광수는 현대시조의 기점을 『백팔번뇌』로 보고 있으며 시
조 작법의 새로운 시도를 한 이가 바로 최남선이라고 했다.

시조의 근대사에서 육당의 역할은 정말 대단했고 시조(時調)라는 문
학용어를 사용하므로 서 **제1차 시조 장르의 독립선언**을 한 셈이다. 한
몸이었던 시조가 노래(창)와 문학으로 분리되는 우화의 과정을 거친 것
은 개화기 때이다.

우리는 육당의 시조 정신을 이어 받아 새로운 지평을 열어야 한다.

안확은 안확은 「文章」 2권1호 1940.1.1. 발행된 "時調詩와 西洋詩"
라는 글에서 다음과 같이 6구 3장에 대하여 밝히고 있다.

"시조시의 제일조건은 六句三章이라. 이 6구3장으로 조직된 것은
절대불변의 형식이니 이것이 시조시의 결정적 구성형식의 특성이
라, 고로 詩된 本性의 율동律動 선율旋律 화해和諧 등 3법은 이 6구3
장 내에 排列하여 있는 것이다."

또 <시조시학>에서는 다음과 같이 말한다.

"시조 형식에 있어서도 1편을 3단으로 나누고 1단을 2행으로 나
누어 전편(全編)이 6행으로 된 것이니 제1행에서 2행까지를 **초장**, 3
행에서 4행까지를 **중장**, 5행에서 6행까지를 **종장**이라 한다."라고 밝
히고 있다."

안확은 「문장」지에서는 시조의 외형적 짜임새에 대해서, 「시조시학」
에서는 장과 구의 명칭과 개념에 대해서 논하고 있다.

이처럼 개화기에 접어들면서 안확이나 최남선 등에 의해 문학으로
서의 시조가 "부흥기"를 다시 맞게 된다.

시조(時調)는 이 토양에서 태어나고 자란 민족시(詩)의 적자(嫡子)임
에도 불구하고 푸대접과 무시를 당하고 살게 된 것은 서양문화사조 때
문에 더욱 심화 되었다고 볼 수 있다. 개화기에 이르러 서양문물이 밀
물처럼 들어오면서 새로운 것에 대한 열망으로 시조는 뒷전으로 밀려
나며 무관심을 받게 되고 결국은 자유시가 주인행세를 하게 된다. 일부
몰지각한 학자들은 시조를 "**없어져야 할 산물**"로 여기며 아예 문단에
서 퇴출 시켜야 한다고 주장하기도 했다. 문화 전반에 걸쳐 우리 것을

무시하는 경향이 나타나게 되었는데 이는 아마도 일본의 문화말살정책에 그 뿌리를 두고 있다고 보아야 할 것이다. 일제 강점기에도 양심 있는 학자와 독립 운동가들은 우리 것의 소중함을 지켜내려 노력했지만 사이비 학자, 권력에 빌붙은 출세지향주의자들은 우리 것은 무조건 얕잡아보며 무시하는 경향이 팽배했던 탓에 시조는 설 자리가 더욱 좁았는지도 모른다. 그나마 다행인 것은 일본의 문화말살정책이 극에 달했음에도 불구하고 시조(時調)를 시(詩)로 부르는 창씨개명은 하지 않았다.

개화기 시조의 몇 가지 특징을 보면 시조의 격동기가 한 눈에 보인다.

① 〈시조〉라는 명칭을 문학용어로 사용하기 시작했다.

　　최남선

② 노래하는 시조에서 읽는 시조로 발전했다.

　　최남선

③ 분장(행갈이)이 처음 시도 되었다.

　　최남선

④ 연시조가 처음 나타났다.

⑤ 3장6구에 대한 명칭과 개념 도입되었다.

　　안확 「문장」 지 및 〈시조시학〉

⑥ 세로쓰기에서 가로쓰기가 시도 되었다.

⑦ 제목을 달기 시작했다.

⑧ 띄어쓰기가 시작되었다.

　　호머 헐버트, 「서민필지」 최초 한글 교과서 펴냄

⑩ 가명을 많이 썼다.

⑪ 시조가 서구에 알려지는 계기가 되었다.

　　1908년 8.28 「신한민보」 고시조 10수 소개. 미국 샌프란시스코
교민신문. 국문판
선교사들에 의해 미국, 영국, 캐나다 등에 영어로 한국 문학 소개:
James, scarth Gale, 호머 헐버트 등등

　이처럼 시조는 개화기에 이르러 엄청난 변화를 하게 된다.

　고시조는 개화기를 거치면서 1차적인 우화(羽化)마치게 되는데 이
우화의 과정은 노래와 같이 살던 시조가 창에서 떨어져 나와 문학이라
는 이름으로 다시 태어나 척박한 토양에 뿌리를 내리는 삶을 영위하게
되었다는 큰 의미를 지닌다. 즉 동거의 삶에서 별거의 삶을 살겠다는
제1차 독립선언을 한 것이다.

　김영철의 『한국개화기시조 연구』에 의하면 독립신문을 비롯한 개화
기 신문 8개 매체에 실린 작품 290여 편 중 시조작품은 30편 정도이다.
또 잡지에 발표된 작품을 보더라도 22개 잡지에 실린 115여 편 중 시조
작품은 20여개에 지나지 않는다.

　이는 서양문물에 대한 관심과 추세가 어느 정도였는지 보여주는 좋
은 사례가 된다.

　이처럼 시조는 대중의 관심에서 점점 멀어져 가는 문학으로 쇠락의
길을 걷고 있었다.

4. 현재의 모습

1945년 해방을 맞았으나 남북으로 갈라졌고 더구나 6.25라는 비극을 맞아 황폐해진 이 땅에서 먹는 것이 우선이라는 생존 전략만이 팽배해 있었고 경제정책이 최우선 자리에 있었다. 동족상잔이라는 뼈아픈 역사가 있었음에도 불구하고 6.25의 비참함이나 이산의 아픔을 주제로 한 당시의 시조작품은 거의 찾아 볼 수 없다. 시조 인구도 얼마 안 되고 작품집 역시 손에 꼽을 정도이다. 개인 시조집을 낸 분은 있기는 해도 시조문학의 암흑기라 할 수 있다. 더구나 시조문학을 위한 학술지, 논문 등도 극소수이다. <문학으로서의 시조>를 어떻게 예술성 있는 문학으로 발전시켜 나갈 것이냐에 대한 연구는 전무 했다고 봐도 된다.

"시조 학자"가 몇 명 안 된다는 사실이 이를 입증하는 것이다. 자유시는 서구사조를 받아들여 다양한 방법으로 신선한 창작기법을 발굴 개발하여 많은 국민의 가슴을 파고 들었지만 시조는 현대시조를 어떻게 발전시켜 국민 속으로 들어갈 것인지에 대한 연구는 전무했다고 본다. 3장6구에 매몰되어 지금까지 음수, 음보의 그 논쟁 속에 빠져 있는 부끄러운 현실을 직시해야 한다. 음수율이니 음보율이니 하는 문제는 한 번만 들으면 아는 문제인데 왜 지금까지 그 논쟁이 계속되고 있는지 암담하기까지 하다. 시조인 모두가 각성해야 한다.

1957년 제1회 시조백일장 대회가 정부 주도하에 경복궁에서 개최되고 정완영을 비롯한 6명의 새로운 시조시인이 탄생했다. 1971년 4월

박정희 대통령은 이병기를 주축으로『거북선』이라는 시조집을 만들고 정부각료 등 사회 저명인사 164명의 작품을 모아 발표하였다. 당시 시조시인은 53명 정도가 작품상을 받았다. 그러나 이런 시조부흥운동과 정부 정책은 결실을 맺지 못하고 흐지부지 되었다. 1964년 30여명의 시조작가들이 모여 처음으로 "시조작가회의"라는 단체를 창립하고 이병기가 초대 회장이 되었다. 반면 자유시는 물밀 듯 이 사회를 지배하고 수많은 시인과 학자들을 배출하고 대학에서는 시를 정규 과목으로 편성하고 후학을 가르쳤으나 시조는 사랑방 모임에서 동호인들이 모여 창작활동을 하는 수준에서 머물러 있었다. 지금도 어느 대학을 막론하고 시조학과는 없다. 시조는 시대에 뒤떨어진 고리타분한 문학이라는 관념이 많은 지식인들 사이에서도 팽배했고 시조를 연구하는 학자나 작가들은 자유시의 기세에 눌려 힘을 받지 못했다.

그러다가 마침내 자유시를 모방하는 지경에 이르게 되었다. 자유시처럼 시조 역시 변해야 한다는 중론에 따라 자유시와 구별하기 힘든 파격이 나타나기 시작하게 된다. 이때부터 시조의 정체성이 흔들리기 시작했다고 필자는 생각한다.

"정형이 비정형이고 비정형이 정형이다."라는 말이 유행할 정도였으니 가히 짐작이 가고도 남는다. 이 영향으로 지금까지도 정체성을 되살리지 못하고 많은 작가들이 별 생각 없이 탈격을 일삼고 있는 게 아닌가 생각한다. 참으로 부끄러운 일이며 자존심 상하는 일이다.

88올림픽을 계기로 우리는 우리의 고유문화가 소중하다는 생각이 싹트기 시작했고 경제 대국이 되면서 세계화가 무엇인지 깨닫기 시작했다. 말하자면 우리 것에 대한 자신 감이 붙기 시작한 시기이다.

우리의 유무형문화재가 유네스코 문화재로 등재되기 시작한 것은 불국사와 석굴암이 그 시작이다. 부끄러운 문화에서 자랑스러운 문화로 탈바꿈하기 시작한 시점이라 볼 수 있다. 2020년 현재 인류문화유산으로 지정된 것을 보면 유형문화재가 1995년 불국사 석굴암을 시작으로 51건, 무형문화재는 2001년 "종묘제례악"을 시작으로 21건, 기록문화는 1997년 "훈민정음 해례본"을 시작으로 16건이 인류문화유산으로 등재되어 있다. 우리문화재에 대한 인식이 새로워지면서 2001년 이후 많은 문화재가 세계인류 문화유산으로 등재되고 있으며, 더구나 요즘은 BTS(방탄소년단)가 세계무대를 점령하고 우리 문화의 우수성을 온 세상에 알리고 있는 중이다.

그러면 이러한 격변기를 지나온 현재의 시조 위상은 어떠한가.

시조라는 자랑스러운 우리 문화는 시(詩)에 붙어 사는 곁방살이 신세를 아직도 면하지 못하고 있는 실정이었다. 우리의 토종 문화가 외래종에게 쫓겨 다니는 형국이다. 요즘도 문학상 모집광고를 보면 시조는 시(詩) 다음에 당연한 것처럼 괄호 안의 삶을 살고 있다. 시조는 시에 포함된다는 논리였다. 시의 범주에 끼워주는 것만도 감사하게 생각하라는 것처럼.

그러나 사실은 시조와 시는 태생부터 다르고 유전인자도 다르다. 시조는 분명한 meme을 가지고 있다. 시(詩)와는 조상도 다르고 흐르는 피도 다르다. 여러 이유가 있겠지만 시조의 대가라 자처하는 학자가 시조 짓는 게 부끄러워 자기 **시조집**을 내면서 **시집**이라는 명찰을 붙여 서점 가로 내보내기도 했다.

정부 정책은 어떤가?

이광녕의 『시조창작 모범 교본』에 따르면 1973−1951까지 초등학교 국어교과서에 수록된 시조 작품은 13편에서 2004년에는 4편으로, 중학교는 1966년 36편에서 2001년에는4편으로, 고등학교는 1984년 42편에서 2011년 2−3편으로 대폭 감소하였다. 요즘 초. 중. 고 국어 교과서를 보면 더욱 가관이다. 시의 범주 안에 자유시와 정형시로 구분해 놓고 있다. 시조를 시 가문에 입양시켜놓고 시의 이름표를 달고 살라 강요한다. 나라 잃은 백성이 창씨개명을 강요받는 꼴과 무엇이 다를까? 일제 강점기에도 지금 정부의 정책처럼 시조를 시로 바꿔 부르는 창씨개명은 하지 않았다.

그런데 문화강국이며 경제 대국이라 자부하는 우리가 무슨 이유로 시조(時調)가 시(詩)라는 이름으로 창씨개명을 하고 살아야 하는지 정말 통탄하지 않을 수 없다.

이런 현실이 지금 이 나라의 교육정책이다. 한편 우리 시조인들의 태도는 어떤가?

살펴본 바와 같이 굴욕적인 취급을 받으면서도 누구 하나 앞장서 바로 잡으려 하지 않는다. 순한 양처럼 순명처럼 받아들이고 심지어 어떤 이는 자유시를 흉내 내지 못해 안달이다. 그저 자기 작품 한 수가 어느 잡지에 실리는 것만으로 만족 해 하며 감지덕지 하는 현실이 부끄럽고 통탄스럽다.

2001년 1월 미국의 피터슨 교수와 루시박 교수와 우리협회 이사장을 비롯한 몇 명이서 웨비나를 개최한 적이 있다. 그 자리에서 피터슨 하버드 대 명예교수는 한국의 중고 교과 과정에 시조 커리큘럼이 들어 있느냐고 물으면서 미국서 시조백일장을 여는데 미전역의 8천여 개 중고교에서 참가를 한다고 했다. 또 미국의 초중등 교과 과정에는 일본의 하이쿠가 정규 과정으로 편성되어 있다는 소식을 듣고 놀랍기도 하고 부럽기도 하고 우리 현실이 부끄럽기도 하였다. 그러면서 그는 이런 말을 덧붙였다. "시조는 하이쿠와 비교 할 수 없는 훌륭한 문학이다. 미국의 학생들도 이렇게 재미있는 시를 보지 못했다며 대단한 관심을 표명한다."고 했다.

참고로 미국에서 시행되는 시조백일장 응모 요강을 싣는다.

2021 Sejong International
Sijo Competition
Submission Deadline, Sep 30, 2021

Eligibility:
age: all age
nationality: any nationality

Requirement:
Sijo must be written in English.
Only one entry per applicant is permitted.

Previously published sijo or awarded is not accepted.

Sijo :

The sijo is a traditional three—line Korean poetic form organized technically and thematically by line and syllable count. Using the sijo form, write one poem in English on a topic of your choice. Learn how to write sijo by visiting our website.

Read about sijo and sijo reference
Sijo examples
YouTube Channel Sejong cultural society (sijo lectures and classes)

Prize:

Winner: $500
Runners—up: $250
Honorable Mentions: $100

Submit your sijo using our online form.
Submission deadline Sep 30, 2021, 11:59pm CDT.
More information can be found on our website.

For questions, please call 312.497.3007 or email us at sejong@sejongculturalsociety.org.

(사)한국시조협회에서는 이런 문제를 해결하기 위해 2012년 4월 창립되었으며 자신들의 목소리를 내기 시작했다. 가장 시급한 것은 시조

의 정체성을 확립하는 길이었다. 그래서 2016년 시조 학자들의 1년 동안 고시조 정체성에 대한 연구와 토의를 거쳐 시조의 정체성을 새로 정립(定立)하고 국회에서 공청회를 개최함과 동시에 시조의 독특한 장르를 인정할 것을 요청하였다. 따라서 문학진흥법의 개정이 반드시 필요하며 시급하다고 주장한 바 있다. 시조의 역사가 시에 비해 장구하므로 문학의 정의에 있어서도 표기 순서가 시(詩)보다 앞자리에 있어야 한다고 주장했다. 즉 "시조. 시. 소설 ..."처럼. 문학의 정의 조항에서 시조를 첫 자리에 둘 것을 주장하였다.

당시 국회 문공 위원이었던 이종배 의원의 적극적인 관심으로 발의한 법 개정이 법사위까지 올라가 있었으나 결국은 좌절되고 만 아픈 기억이 있다. 이 자리에서 분명히 밝혀 둘 사안이 있다. 우리의 주장을 관철시키기 위해 탄원서(청원서)를 천여 명 가량 받았는데 우리협회 충주지부에서만 500명 이상을 받아온 것으로 기억한다. 시조의 독립을 위해 태극기를 들고 거리로 뛰쳐나온 그분들을 생각하면 3.1운동의 만세삼창이 생각난다. 정말 고마운 일이다. 그 이후 여러 경로를 통해 법 개정을 지속적으로 요청하고 설득하였지만 차일피일 미루어 오다가 2021년 4월 29일에서야 "시조"라는 이름으로 문학사에 세계사적 출생신고를 마치고 문학의 한 갈래로 당당히 얼굴을 드러내게 되었다. 현재 국내 시조인은 약 5천명 내외가 될 것이다. 우리는 모두 하나가 되어야 큰 힘을 발휘할 수 있다.

이와 같은 (사)한국시조협회의 역사적 역할에 대해 몇 가지 공로가 있다.

첫째, 고시조와 현대시조에서 미처 정립하지 못한 정체성을 확립한 점. 즉 <시조 명칭 형식 통일안>을 제정 공표한 점.

둘째 음보 대신 소절의 개념을 처음으로 도입하여 용어를 바로 잡은 점.

셋째 시조를 문학의 한 갈래로 법적 조치를 얻어낸 점(문학진흥법 개정).

넷째 시조를 국가무형문화재로 신청하여 평가를 받은 점(2019.4.29.)

다섯째 유사 이래 처음 웨비나를 개최하여 세계화 가능성을 진단한 점(2021.1.15.)

시조 정체성에 대한 개념이나 기준이 없이 중구난방 식으로 작품을 창작해온 것은 부인할 수 없는 현실이다. 이를 바로 잡고자 협회가 중심이 되어 고시조 근대시조까지 연구하여 그 정체성을 확립하고 시조 창작의 모범 안을 만들었다는 것은 지금까지 누구도 시도하지 못한 영역이었다. "소절"이라는 학술적 용어를 만든 것도 지금까지 당연한 것으로 여겨온 "음보"에 대한 오류를 바로 잡은 것이다.

앞으로 모든 후속조치를 위한 활동이 이루어 질 것이다.

정부 자료에 따르면 현재 세계에 나가 있는 한글학당(세종학당)은 87개 국 234 교에 이른다. 시조 세계화를 단축시키기 위해 이 시스템을 적극 활용할 필요성이 있다.

이 시스템을 활용하면 시조를 번역하여 읽는 세계화에서 배우고 쓰는 세계화로 바뀌는 계기가 될 것이다, 즉 우리 감정으로 시조를 창작하게 되는 진정한 세계화가 될 것이라 확신한다.

5. 미래의 모습

이제 시조 인들은 힘을 모아 시조문학을 국가무형문화재로 등재시켜야 한다. 이것은 세계문화유산 등재의 첫걸음이다. (사)한국시조협회에서는 2018년부터 19년까지 <시조의 가치> 평가를 위해 이 분야에서 가장 훌륭한 전문가를 모시고 수차례에 걸쳐 특강을 하였다. 결론은 시조는 보존해야 할 충분한 가치가 있다는 것이었다. 이런 가치를 어떤 방식으로 사회에 접목시켜 대중의 호응을 이끌어 낼 것인지에 대한 대답은 우리 스스로 만들어 내야 한다. 노래 연극 영화 등 각 분야와 손잡고 하나의 새로운 문화를 만들어 내야 한다. 새로운 종합예술로 발전시켜 공동체의 삶을 풍요롭게 만들어야 한다. 물론 문학작품으로서의 정체성은 반드시 지켜야 한다. 옛날식 시조 작품 생산을 고수하거나 자유시를 모방하는 사고에서 탈피하지 못하면 문학진흥법 개정은 별 의미가 없게 된다. 법령에 묶여 있는 죽은 문학 장르가 된다.

또 세계화를 어떤 방식으로 접근해 갈 것인지 연구도 해야 한다. 외국어로 번역하는 것은 진정한 시조의 세계화가 될 수 없다고 필자는 생각한다. 자칫 번역자의 문학으로 오해될 소지가 많다. 시조의 번역은 그 목적이 정체성을 유지하면서 시조의 맛과 멋을 그대로 외국인에게 전달하는데 있는 것이지 단순히 외국어로 번역하는데 목적이 있는 것은 아니다.

이번 문학진흥법 개정을 계기로 정부 정책도 미래지향적으로 바뀌기를 기대해 본다.

어느 시대나 선각자 또는 선구자는 존재해 왔다. 그래서 사회는 발전하고 아름다워진다. 전쟁이 일어나면 목숨을 초개(草芥) 같이 바치는 병사가 있고, 독재에 항거하는 젊은 피가 있고, 자유를 쟁취하려는 열사가 있고, 나라를 찾으려는 독립투사가 존재해 왔기에 우리나라는 지도상에서 사라지지 않고 존재해 온 것처럼 우리는 장인정신으로 시조 문학을 발전시켜 문화대국을 만들어야 한다. 노벨상 수상자가 나와야 한다.

이제 우리 시조는 세계화의 시동을 걸고 있다. 어떤 문화건 간에 유전인자가 있겠지만 특히 시조는 그 정체성을 보존하지 못하면 법 개정의 의미가 없어지게 됨은 당연한 귀결이다. 마치 강물이 바다에 들어가면 그 정체성을 상실하고 마는데 이는 시조인구는 적고 시의 인구는 엄청나게 많기 때문이다.

요즘 지상에 발표되는 시조 작품을 보면 시조의 정체성을 모르거나 시조시인임을 부끄럽게 만드는 작품이 종종 보인다. 지금 우리부터 시조에 대한 올바른 인식으로 신선한, 현대 감각에 맞는 작품을 당당하게 생산해야 하고 세계화를 위해 전문가들과 함께 머리를 맞대고 묘안을 찾아내야 한다.

필자는 세계인의 시조 백일장 대회를 개최할 날을 상상하면 벌써부터 가슴이 벅차오른다. 우리는 우선 시조의 날을 빨리 제정하여 전 세계인이 기념행사와 더불어 백일장을 개최하면 가장 좋을 것 같다는 생각이 든다. 시조의 날은 청구영언 발행일이 분명히 나와 있으므로 명분과 실리를 모두 살릴 수 있다고 본다.

지구가 멸망하지 않는 한 시조는 인류와 더불어 발전할 것이므로 시조의 도도한 물결이 대서양 태평양에 파도처럼 일게 해야만 한다. 이것이 현대를 살아가는 우리의 꿈인 동시에 해결해야 할 지상과제이고 명제가 되어야만 한다.

이제 우리는 세계 속으로 날아가는 제3차 독립 선언을 준비할 때라고 큰 소리로 외치고 싶다.

(사)한국시조시인협회에서 현대시조 100주년을 기념하여 발표한 "시조의 날 선언문"에 보면(2006년 7월 21일) 다음과 같이 되어있다.

> "시조는 3장6구에 우주만물의 기운과 조국 강무(强武)에 대한 희원(希願)과 개인의 시정을 가장 짧고도 명확하게 보여줄 수 있는 세계 유일의 문학적 형식이다. 세계 어느 곳에 내놓아도 당당한 고유의 민족시 장르이다"

이런 맥락에서 본다면 분명 세계문화유산으로 지정되고 남을 일이다. 그렇다면 지금 이처럼 훌륭한 시조를 우리 국민이나 정부에서는 얼마나 관심과 자긍심을 가지고 세상에 알리고자 노력했으며 또 세계인들은 얼마나 애송하고 있는 걸일까? 이에 대한 대답은 '무관심' 이다.

우리의 전통 시조를 연구하여 그 우수성과 독창성을 자랑스럽게 생각해 온 학자나 시조를 더욱 아름답게 창작하려는 노력은 수천여 명의 시조시인들에 의해 지금도 부단히 개발되어 진화를 진행하고 있는 중이다.

특히 현대 시조의 많은 작품들은 읽는 독자로 하여금 새로운 맛과 멋을 느끼게 하고 있다.

언어란 그 시대를 반영하는 인간관계의 소통 수단이며 글자라는 틀 속에 갇혀 영구 보존 되는 것이다. 시조 역시 시대에 따라 여러 형태로 발전되어 왔을 것이며 지금도 그런 형태적 변이를 진행하리라고 본다.

시조에 대한 역사적, 태생적 연구는 많이 진행되었으나 우수한 우리 시조를 세계화 시키려는 노력은 상당히 부족했다고 본다. 연구한 학자도 시조시인도 본 적이 없다. 다만 영어나 일본어 등 그 나라 언어로 번역하려는 노력만 했을 뿐이다. 아무리 번역을 잘해도 언어 구조가 다른데 무슨 재주로 시조의 특성을 그대로 살려 번역할 수 있단 말인가? 번역을 잘하면 의미는 충분히 전달되겠지만 내재된 맛과 멋은 전달하기 어렵다.

다음은 시조라는 장르가 국민소득에 미치는 영향을 잠시 생각해 보기로 한다.

요즘은 모든 유. 무형자산을 불구하고 그 결과를 재화로 환산하기를 좋아한다. 그래서 시조의 가치를 환산하기는 어렵지만 국민 소득에 어떤 영향을 미치는지 계산해 보고자 한다.

국민소득(GNP. GDP)는 한 나라의 경제수준과 국민의 생활수준을 짐작케 하는 지표이다.

국민소득은 투자와 생산으로(Input, Output) 창출된 재화(성과물)를 가지고 부를 측정한다. 우리 제품을 많이 수출할수록 국민소득은 높아진다. 그렇다면 시조의 GNP는 두뇌 또는 감성만으로 예술의 가치를 확대 재생산한다. 재화의 확대 재생산을 위해서는 자본과 같은 많은 요소들이 계속적으로 확대 투입 되어야 하지만 시조는 투자 요인이 용역 하나뿐이다. 이 용역(서비스)은 "감성"이라는 원자재를 샘물처럼 퍼 쓸수 있다. 무상으로 얼마든지 공급 받는다. 우리는 각자 이 런 공장 하나씩을 가슴에 지니고 태어난다. 그래서 그 결과물(생산제품)은 무형의 자산으로 모든 인류에게 기쁨과 행복의 선물로 정신적 GNP 높여 준다고 볼 수 있다. 우리는 빵만으로 살수 없기 때문이다.

시조 수출을 가치로 환산하면 얼마나 될까?

문화적 정신적 국가의 위상 등을 고려하면 실로 엄청난 부의 창출을 가져 올 것이 확실하다.

지금은 당장 부의 창출을 가져오지 않는다 해도 먼 훗날 우리 문화와 연관된 무형의 자산을 생각해 보면 엄청난 부의 창출이 이루어 질 것이라 확신한다.

한류의 수출이란 말은 이미 일반화 되고 있으나 문학에서 그것도 시조라는 장르를 가지고 수출을 한다고 하면 아마 웃는 사람이 있을지도 모른다. 그러나 이런 일은 현실적으로 가능한 일이며 이 길만이 진정한 "시조세계화"의 첩경이라고 필자는 믿고 있다.

훌륭한 소설이나 시의 수출은 시장 원리대로 수요와 공급의 가격결정 이론에 따라 시장에서 가치가 결정되지만 필자가 말하는 시조의 수출은 시장이라는 한정된 공간을 말하는 것이 아니라 외국인에게 아예 "시조의 공장"을 각자의 가슴마다 지어주는 작업이다. 말하자면 현지 공장을 설립해서 그들 스스로 재화를 창출하게 만들자는 것이다. 시조의 세계화는 미래에는 모르지만 현재로서는 현지인에게 무료로 제공하는 서비스(용역)이다.

시조는 삶의 행복지수를 높여 준다. 인류의 행복지수까지 책임지고 업그레이드 시켜주는 보람된 일, 가치 있는 일, 해볼 만한 투자이다. 우리 삶의 질은 꼭 돈만으로 계산되는 것은 아니니까.

세계 많은 국민이 시조를 짓고 낭송하고 노래하면서 느끼는 개인의 행복지수는 커져야 한다.

이 행복 지수를 끌어 올리는 견인차 역할을 하는 것이 바로 우리 시조협회의 임무이다.

물론 시장개척이 쉬운 일은 아니지만 우리 시조시인들의 마음자세가 어떠하냐에 따라 크게 좌우 된다고 본다. 이제 남은 과제는 시조라는 제품 디자인을 어떻게 해야 소비자의 관심을 끌어낼 수 있는지가 관건이다. 시조 교재 하나만 보더라도 책의 디자인, 글의 수준, 개인의 정서 등 많은 연구 노력이 필요하다. 흥미롭게 만들어야 한다. 이해하기 쉽게 만들어야 한다. 시조를 배우고 싶어 미치도록 갈증을 느끼게 만들어야 한다. 그들이 한글을 익히는데 도움이 되도록 만들어야 한다.

천여 년의 역사를 지닌 시조가 이번 문학진흥법 개정으로 진정한 독립을 선언하였으므로 문화융성을 이루어 인류의 삶에 공헌하기를 기대해 본다.

부록

I. 「시조」명칭의 유래와
〈시조의 날〉 제정에 대한 소고(小考)

1. 시조 명칭

원용문의 『시조문학원론』에 의하면(24쪽) 시조(時調)라는 이름은 아래와 같이 다양한 형태의 명칭으로 불리어졌음을 알 수 있다.

新調(신조; 고려사, 고려사절요), 新聲(신성; 고려사절요), 新曲(신곡; 가곡원류), 新飜(신번; 정래교 청구영언 발문), 詩調(시조; 동국통감), 永言(영언; 청구영언),歌謠(가요; 해동가요), 樂章(악장; 해동악장), 風雅(풍아; 이세보 시조집), 端歌(단가; 예종 때), 短歌(단가; 이후원의 송강가사), 歌曲(가곡; 가곡원류), 國風(국풍; 개화기), 土風(토풍; 개화기), 時調詩(시조시; 안자산) 등 다양하다.

이 외에도 아마 더 있을지 모르겠다. 어떻든 간에 여타 명칭은 시조라는 의미로 현재는 사용되고 있지 않지만 '시조(時調)'라는 말은 문학의 한 형태를 지칭하는 말로 남아 일반적으로 쓰이고 있으므로 이 「時調」라는 말의 기원을 알아보기로 한다.

우선 개화기의 학자 안확의 이론을 살펴본다.

안확은 <시조시학:1940>라는 시조 이론서에서 다음과 같이 말하고 있다.

> "시조(時調)란 용어는 3章式의 곡조(曲調)를 이름이다. 가서(歌書)에 낙시조(樂時調)란 것이 있고 우락시조(羽樂時調), 계락시조(界樂時調)란 것이 있는바 이에서 시조를 생략하고 우락, 계락으로 부르기도 했으니 시조란 접미어로 된 형적이 있는바 이 약칭을 보아서는 낙시조(樂時調) 3자에서 분리한 것이다. 박연(朴堧:세종 때 음악 이론가)은 가곡소조(歌曲疏條)에서 이미 낙시조(樂時調)란 말을 이미 쓰고 있다. 이로 보아 시조라는 말은 이미 고려 때부터 쓰여 온 말이다"라고 주장한다.

이런 음악용어로서의 "시조(時調)"는 이미 청구영언에서 쓰이고 있는 용어이다.

뿐만 아니라 <세종실록>은 1418년부터 1450년 7월까지 31년7개월간의 세종 재위기간 중 국정 전반에 걸친 역사기록인데 여기서도 이용어가 이미 사용되고 있다.

조선 초기 세종 때 박연(朴堧 1378 우왕4~1458 세조4)은 39번의 상소문을 올렸는데 그 상소문 중 하나에서 다음과 같은 글을 발견할 수 있다.

> "향악에서 쓰인 악률인 낙시조는 중려 또는 임종 두 가지를 중심
> 음인 궁으로 번갈아 사용한다(但鄉樂所用之律 則樂時調互用仲呂林
> 鐘二律之宮)."

이런 내용은 박연이 남긴 "난계유고(蘭溪遺稿)집"에 수록되어 있다.
여기에도 "樂時調"라는 대목이 나온다. 즉 음악용어로 이미 쓰여 오고 있었다는 말이 된다. 난계유고는 <관서악부>보다 324년 앞선 책이다. 이로 미루어 안확이 주장한 "접미사가 분리되어 <시조>라는 명칭이 생겨난 것은 고려시대"라는 그의 주장은 상당한 설득력을 갖는다.

관서악부에서 "一般時調排長短"이라는 언급은 <시조>명칭을 처음으로 만들어 일컬은 것이 아니라 이미 전해오는 "시조"라는 음악에 "長短", 즉 길고 짧음을 배열하는 것으로, <시조>는 음악용어이지 문학형태의 글을 지칭하는 말이 아님은 분명하다. 시조창에 장단을 배열하여 부르게 된 유래는 장안에서 온 이세춘에서 시작되었다는 의미이지 **이런 형태의 글을 시조라고 부른다는 말은** 아니다.
다시 한 번 연대순으로 살펴보면 <관서악부>보다 46년 앞서 발간된 청구영언에 이미 <우락시조(羽樂時調)>, <계락시조(界樂時調)>

란 말이 있고, 또 세종실록(박연:1378 우왕4~1458 세조4)에 <樂時調>라는 말을 쓴 것은 <석북집>보다 344년 앞선다. (세종실록47권 세종12년(1430)

界樂時調는 계면조로 부르는 노래이고 羽樂時調는 새털처럼 가볍고 청아하며 기쁘게 부르는 노래이다. 이익(李瀷; 숙종 때)은 「성호사설」 '속악조(俗惡條)에서 "계면(界面)이라는 것은 듣는 자가 눈물을 흘려 그 눈물이 얼굴에 금을 긋기(경계선) 때문에 붙여진 이름이다."라고 하였다.

이상 살펴본 바와 같이 시조(時調)라는 용어는 노래를 의미하는 당시의 음악용어(音樂用語)로 보아야 하고 문학용어는 아니었다.

고려사절요(1452년)에 실린 글 중 ―동국통감(1458~1484 성종15)에도 실려 있음―

"원상이 <新調>를 지어 태평곡이라 하였다"라는 구절이 있는바 이 시기는 고려 충렬왕22년(병신, 1296년) 때 이다.

원문은 아래와 같다.(고려사절요 21권)

"元祥*製新調(원상제신조) : 원상이 새 가사를 지어 부르니
日大平曲(왈대평곡) : 이를 '태평곡(大平曲)'이라 부른다.
令妓習之(영기습지): 기생으로 하여금 연습토록 하였는데
一日內宴(일일 내연); 어느 날 내연에서
歌其詞(가기사): 그 가사를 노래하니

---

* 원상은 金元祥을 말함.

王妬(왕투): 왕이 질투하듯

變色曰(변색왈): 안색이 바뀌면서

此非能文爲不能(차비능문위불능): 글을 잘 하는 자가 아니면 지을

수 없다.

誰爲之耶(수위지야); 누가 지었느냐?

妓對曰(기대왈): 기생이 대답하기를

妾之兄弟元祥(첩지형제원상): 첩의 형제인 원상과

允材*所製也(윤재소제야): 윤재가 지은 것입니다.

有才如此(유재여차): 이런 재사가 있다면 쓰지 않을 수 없다고

遂除之(수제지): 마침내 임명하였다.”

－1968년 민족문화추진위원회 국역 출판에서 인용

여기서 중요한 대목이 "<新調>를 지어"라는 것이다. <신조>라는
말이 새로운 <시조>인지는 분명치 않으나 새로운 형태의 <노래;
調>라는 뜻일 것이다. 즉 지금까지 불러온 고려가요(가사)와 다른 형
태라는 뜻일 것이다.

당시에는 우탁 이조년 등에 의해 시조가 이미 널리 지어지던 때이다.
따라서 여기서 <新調>라 함은 <시조>를 지칭하는 말이라 생각 된다.

<新調>라는 말이 <시조>와 같은 의미라면 <시조>라는 말이 접
미사에서 분리된 것이라는 그 진위여부를 떠나 명사로 쓰였다는 점이
중요하다. 즉 접미사가 아니라 후대에 이르러 악보가 생겨나면서 창 또
는 가곡을 <시조>라고 불렀다면 "界樂" 이니 "羽樂"이니 하는 말들은

---

* 윤재는 朴允材를 말함.

음의 높이 순으로 배열하여 음역을 나타내기 위한 방편으로 사용하던 용어로 노래를 의미하는 <시조>라는 말에 합성하여 사용한 것으로 생각된다.

우리나라에서는 세종 때 '정간보(1445~47)'라는 최초의 악보가 만들어 졌으니 그 이전에는 노래와 악기는 있었으나 악보가 없어, 악기로 연주하고 이 악기 소리에 맞추어 부르는 노래를 <시조>라는 이름으로 불렀을 것이다.

이로 미루어 짐작컨대 <時調>라는 명칭은 비록 음악에서 사용되던 "계락시조, 우락시조"에서 접미어로 사용된 것이건 아니면 합성어의 자취로 보이건 간에 이미 고려 때부터 사용했을 것이라는 추론이 가능해진다.

앞으로 또 어떤 문헌에서 <時調>라는 명칭이 또 발견될지는 몰라도 이 말을 처음으로 명명한 이가 신광수의 <석북집>이 아닌 것만은 확실해 진다. 다만 신광수가 <석북집>에서 이세춘이 장단을 붙인 시조창을 처음으로 시작한 인물이란 점을 말한 것은 확실하다고 본다. 우리는 <時調>라는 명칭에 대한 이해를 새롭게 할 필요가 있다. 음악용어로서의 <時調>와 문학용어로서의 <時調>는 차이를 이해하여야 한다.

현재 우리가 사용하고 있는 <시조>라는 문학적 의미의 명칭 개념은 개화기 이후로 보면 된다.

2. 〈시조의 날〉 제정에 대한 소고

청구영언(1728)의 발문을 인용해 본다.

이 청구영언에는 시조 998수와 가사 17수가 수록되어 있다.

① 흑와(黑窩) 정래교(鄭來僑, 1681－1757)발문 중 일부

"남파(南坡) 김백함(金伯涵)은 노래를 잘 하는 것으로 이름이 났으며 성율(聲律)에 정통을 겸하여 문예도 닦아 이미 스스로 신번(新飜)을 지어 여항인에게 주어 익히게 하였고 나라의 유명 재상들과 선비들이 지은 작품과 여항의 노래 가운데 운율에 맞는 수백여수를 수집하여 한권으로 엮어 나에게 글을 구하여 서문으로 삼고 널리 퍼뜨릴 생각을 하였으니 그 뜻이 근실하다. 내가 보니 그 가사가 모두 곱고 아름다워 보고 즐길 만 하였다. －중략－

백함은 이미 노래를 잘 불렀고 거문고를 들고 노래를 하면 그 소리가 맑고 깨끗하여 귀신을 감동시키고 화기(和氣)를 일으켰다.

－중략－

옛날의 노래는 반드시 시(詩)를 사용했다. 노래를 글 표현하면 시가 되고 시를 관악기와 타악기에 올리면 노래가 된다. 노래와 시는 본디 같다."

무신년(1728) 3월 상순 흑와 씀

② 이정섭(마초 1688－1744)의 후발문 중 일부

"김천택이 하루는 「청구영언」한권을 가져와 내게 보여주며 말했다. '이 책에는 국조의 선배인 명공과 위인들의 작품이 많지만 널

리 거두어 들였기 때문에 여항과 시정의 음란한 이야기와 저속한 말
도 자주 나옵니다. 노래는 진실로 하찮은 기예인데 또 이것을 묶어
놓았으니 군자가 이것을 보고 병통이 없다 할 수 있겠습니까?

　－중략－"

정미년(1727) 6월 하순 마약노초 씀

③ 김천택의 서문 중 일부

"무릇 문장과 시율은 세상에 간행되어 영구히 전해지므로 천년을
지나도 없어지지 않는다. 고려 말부터 국조에 이르기까지 명공과 석
사 및 여항인, 규수의 작품을 일일이 수집하여 한권의 책을 만들고
이름 하여 「청구영언」이라 하였다."

무신년(1728) 여름 5월 16일 남파노초 씀

위와 같은 발문에 나타난 대로 노래책(가집)이다. 그러므로 요즘 우
리가 지칭하는 문학용어로서의 「시조」라는 명칭은 음악용어에서 파생
된 말이 확실하다. 이미 청구영언에도 가락시조 우락시조란 말이 나오
므로 이를 더욱 뒷받침 한다고 보겠다.

이학규 시인이 말한 "時節歌"의 의미를 다시 한번 생각해 본다.
지금까지 "時"는 시간을 뜻하는 말로 이해되었으나 필자는 견해를
달리한다. 여기서 時(시)는 시간의 의미보다는 '맞추다. 엿보다'라는 의
미로 봐야 할 것 같다. 즉 조(調)는 가락이라는 의미이므로 율(律;가락)
과 같은 뜻이다. 따라서 시조(時調)는 "풍류가락에 맞추어(함께 어울려)

부르는 노래"란 의미라고 본다. 계락시조, 우락시조는 노래할 때 노랫말에 창자(唱者)의 감정의 얹어 부르는 노래라는 의미이다.

또 "절(節)은 우리가 일반적으로 이해하고 있는 시절을 말하는 때나 계절을 가리키는 말이 아니라고 본다. 절(節)에는 '풍류가락'이라는 의미가 있다. 그러므로 "풍류가락"이라는 의미로 쓰인 것이다. 즉 「시절가(時節歌)」란 '풍류가락에 노래를 얹어 부른다'는 의미이다. 풍류(風流)란 말은 멋있게 노는 일이란 의미도 있지만, 관악 합주나 소규모로 편성된 관현악으로 피리, 대금 거문고 등을 일컫는 말이기도 하다. 그러므로 「시절가」란 "관현악과 함께 어울려 부르는 노래"란 의미이지 "계절에 따라 부르는 노래"라는 의미는 아니라고 본다.

청구영언의 발문을 쓴 정래교 역시 "시를 관악기와 타악기에 올리면 노래가 된다." 라고 하였다. 따라서 <시조>라는 말은 복합적 의미를 지닌 음악 용어에서 나온 말로 보는 것이 타당하다.

시조의 날 제정에 대하여 언급하자면 1713년(숙종39)에 나온 <악학습령(병와가곡집)>이 청구영언보다 15년 빠르다. 발행 연도가 1713년으로 청구영언보다 빠르게 나와 있지만 이 <악학습령> 수록된 작품 중 이정보(1693~1766), 조윤형(1725~1799)의 작품이 수록된 것을 보면 잘못 된 것으로 추정된다.

태어나지도 않은 사람의 작품이 수록된다는 것은 있을 수 없는 일이다. <악학습령>의 발행 연도를 인정하기 어려운 이유는 다음과 같다.

첫째 조윤형이 태어나기도 전에 그의 작품을 수록한 점,

둘째 이정보는 악학습령이 나올 무렵 이정보는 불과 25세에 지나지 않으며 그가 문과에 급제 한 것은 그 이후인 점.

셋째 여러 백과사전에서 <청구영언>을 최초 작품집으로 인정한다는 점.

더구나 <악학습령>에는 년도만 있을 뿐 12달 365일 중 어느 날인지 알 수가 없어 시조의 날을 특정할 수 없으므로 시조의 날로 제정하는 데는 문제가 있다.

<한국민족문화대백과>에 따르면 다음과 같다.

따라서 편찬연대를 ≪해동가요≫보다 늦은 정조연간으로 추정하기도 한다.
또한, ≪악학습령≫을 필사한 필적이 이형상의 것과 다른 두서너 사람의 것으로 되어 있어, 숙종 말에 이형상의 초고본에다 뒤에 두서너 사람이 더 가필하여 정조 때에 완성했으리라고 보며 연대를 확정하기에는 문제가 남아 있다.*
<청구영언은> ― 중략― 지금까지 밝혀진 가집 중에서 **가장 오래된 현존** 시조집으로, 후대 가집의 편찬에 매우 큰 영향을 미친 만큼 문학사적인 가치가 크다.

<악학습령>을 두서명이 추후에 가필 한 것을 인정한다 하더라도

---

* 한국민족문화대백과 참조

날자가 없어 <시조의 날>을 제정할 수 없다.

한편 <다움백과>에서도 청구영언은 "현존하는 시조집 가운데 가장 오래된 대표적 시조집으로 후대의 가집편찬에 영향을 끼쳤다. 1728년(영조 4)에 편찬했다. 우리의 가사들이 구두송영(口頭誦詠)에 그치다가 없어져버리는 것을 애석해하고 개탄한 나머지 전해오는 작품들을 수집하고 틀린 점은 고쳐서 편찬했다."*라고 청구영언이 가장 오래 된 책임을 밝히고 있다.

다른 한편 어떤 분은 우탁의 생애에서 근거를 찾아야 한다고 주장하지만 그와 관련된 조사에서도 다음과 같은 이유로 그 타당성을 찾기는 어렵다.

첫째 우탁이 시조의 창시자라는 근거가 없다.

둘째 창시자로 추정을 하더라도 생몰 연대를 알 수 없어 날짜를 특정할 수 없다.

(사)한국시조시인협회에서 <현대시조의 날>로 정하고 해매다 행사를 하고 있는데 이 역시 근거가 부족하다. 대구여사라는 필명으로 된 <혈죽가>는 매일신보에 실리긴 했지만 말투나 시조 형식이 고시조 그대로이다. 아무리 개화기 매체에 실린 작품이라고는 해도 현대시조의 효시로 보기에는 문제가 있다고 판단된다.

공인을 받기 위해서는 정확성이 담보되어야 한다. 그러나 청구영언

---

* <다움백과> 사전

에는 발행일자가 분명히 나와 있으므로 "시조의 날"로 제정에는 더없이 합당하고 본다.

청구영언 은 다음과 같은 근거에서 <시조의 날> 제정에 큰 문제가 없을 뿐 아니라 시조 발전에 더 큰 효과를 가져올 수 있다고 본다.

첫째 국가에서 공인받은 가장 오래된 최초의 한글 시조집이라는 점.

둘째 시조를 고시조 근대시조 현대시조로 구분할 필요가 없다는 점.

셋째 시조를 짓는 시인들의 자긍심을 고취시킨다는 점.

넷째 전 세계시조인들을 하나로 통일 할 수 있다는 점.

우리나라가 시조문학의 종주국이라는 점을 감안하면 하루 속히 <시조의 날>을 제정해야 한다.

Ⅱ. 시조 세계화 방안

2012년 12월 28일 발간된 <시조사랑 창간호>에서 필자는 "시조의 세계화 방안"에 대해 발표한 바 있다. 당시만 해도, 지금도 마찬가지지만, 시조의 세계화는 곧 가장 훌륭한 번역이라 생각했다. 그러나 시조나 시는 감정과 운율이 함께 드러나야 흥이 살아나는 장르이다. 특히 시조는 운율에 방점이 찍힐 정도이므로 번역은 더욱 어려울 것이지만 언어와 글자가 다른 나라의 언어구조나 글자체계와는 완전히 다르므로 아무리 완벽한 번역을 한다 해도 시조의 맛을 제대로 살리기가 쉽지 않다. 이런 어려운 점을 극복하는 길은 외국인이 우리말과 글을 배우면 제일 좋겠지만 우리의 한글로 된 단시조 한편을 외우는 길이 가장 좋다. 요즘 외국인이 '태권도'의 구령이나 '방탄소년단'노래를 우리말로 따라하면서 무슨 말인지 이해하는 과정과 같다고 보면 된다.

전 세계에 나가 있는 한글학교나 세종학당에서 가르치고 있는 시스템을 이용하는 것이 가장 효율적이다. 어차피 문학이란 좋아하는 사람만 관심을 갖게 마련이다. 한글을 배우고자 하는 이국인들에게 한글시조를 가르치면서 자연스럽게 한글을 깨우치고 말을 배우게 하자는 것이다.

이렇게 되면 어느 나라가 되었건 우리 시조를 읽는 순간 자기나라 말로 이해하게 될 것이다. 이것이 가장 빠른 시조의 세계화 지름길이라 생각한다. 물론 영어가 세계 언어의 중심에 있는 만큼 영어로 번역하거나 해설을 덧붙여 감상토록 하는 것도 나쁘지는 않지만 우리말로 외워 이해하는 것보다는 못할 것이라는 생각이 든다.

물론 번역비 등, 비용이 발생하기는 하지만 세계화를 위해 이 정도는 당연히 부담해야 할 것이다.

하나의 예를 들어 보겠다. 정몽주의 <단심가>를 번역한 글을 본다.

<단심가>/정몽주

이 몸이 죽고 죽어(3.4) 일백 번 고쳐 죽어(3.4)
백골이 진토 되어(3.4) 넋이라도 있건 없건(4.4)
임 향한 일편 단심야 가실 줄이 있으랴.(3.5.4.3)

Should I die and die again
Should I die hundred death,

my skeleton turns to dust,

my soul exist or no,

What could change the unswerving loyalty

of this heart toward my lord?

(Translated by Kevin O`Rourke)

참고로 피터슨 교수가 번역한 것은 다음과 같다.
같은 미국인이면서도 번역에 이런 차이가 있다.

Though I die, and die again; though I die one hundred deaths,

After my bones have turned to dust; whether my should lives on or

not,

For my lord, my singularly loyal red heart will never fade away.

(Translated by Mark Peterson)

고려 말엽 역성혁명으로 이성계를 왕으로 추대하려는 움직임을 파악한 정몽주는 끝까지 고려왕조를 지켜야 한다는 신념을 가지고 있었다.

이성계가 사냥을 하다가 말에서 떨어져 다쳤다는 소식을 듣고 정몽주는 상황을 파악하기 위해 직접 이성계 병문안을 간다. 정몽주의 아들 이방원은 감사하다는 뜻으로 술대접을 하면서 정몽주의 속마음을 떠보기 위해 "하여가"를 지어 부르고 정몽주는 "단심가"를 지어 뜻을 같이 할 수 없음을 알린다. 이방원은 정몽주의 마음을 돌릴 수 없음을 알고 선죽교에서 습격하여 죽인다.

<단심가>는 역성혁명을 꿈꾸는 이방원이 절개 곧은 충신 정몽주를 불러놓고 혁명에 가담할 것인지, 그 의중을 떠보는 <하여가>에 대한 심정을 표현한 시조임은 누구나 잘 아는 사실이다. 여기서 아무리 영어 번역을 완벽하게 한다 하더라도 우리 시조의 특성인 초.중.종 3장 6구 12소절의 엄격한 형식을 지키는 것은 불가능 하다.

게다가 정몽주라는 덕망 높은 훌륭한 학자가 왜 일백 번씩 고쳐 죽어야 하는지 이 시조 하나만 달랑 놓고 본다면 외국인으로서는 이해하기 어렵다. 우리는 이와 같은 역사적 배경을 역사 속에서 배워 알기 때문에 명시조라 부르고 있지만 외국인은 왜 이시조가 명시조인지 그 이유를 모를 것이다.

따라서 외국인에게 역사적 배경이나 철학, 시대적 상황까지 자세히 설명을 해주어야 이해가 될 것임은 너무도 뻔한 이치다.

더구나 요즘은 정보통신의 발달, 즉 컴퓨터나 IT산업의 발전으로 전 세계가 하나의 생활권에 들어와 있는 시대이다. 우리 말 중에도 외래어가 차지하는 비율이 높음은 의문의 여지가 없다.

우리도 젊은 학창시절엔 외국 팝송 하나쯤은 원어로 외워서 노래했다. 발음이 맞는지 틀리는지, 무슨 뜻인지는 주요하지 않았다. 이렇게 하다 보면 자연히 그 노랫말에 익숙해지고 무슨 의미인지 차차 알게 된다.

위에서 예로든 번역 영시를 가지고 초장, 중장, 종장으로 명확히 구분하고 (3.4.3.4) (3.4, 3.4) (3.5.4.3)라는 시조의 틀 속에 끼울 방도는 전혀 없다.

"임 향한 일편단심이야 가실 줄이 있으랴"를 읽을 때의 느낌과 "What could change the unswerving loyalty/ of this heart toward my lord?"를 읽을 때 뜻은 이해가 되지만 그 느낌은 전혀 다르다. 맛이 없다. 멋이 없다. 어디서 끊어 읽어야 그 맛과 멋을 느낄 수 있는지 알기가 어렵다. "임 향한 일편단심이야"는 3음수와 5음수로 되어 있으나 "What could change the unswerving loyalty"은 음수가 다르므로 시조의 고유한 운율을 살려내기는 매우 어렵다. 물론 번역된 영어의 음절수가 넷이 된다 하더라도 음수에 익숙한 우리 눈에는 어색할 뿐이다.

물론 위의 시조는 고시조라 그렇다고 말한다면, 현대시조라고 해서 달라지는 게 있겠는가?

지금 한류 문화의 열풍이 전 세계를 휩쓸고 있다. 이처럼 절호의 찬스를 놓쳐서는 안 된다. 지금이 기회이다. 우리는 정부부터 설득을 해야 한다. 우리가 우리 것을 소중히 생각 않는데 누가 우리 보고 소중한 문화유산을 가졌다고 말해 주겠는가? 우리의 시조 발음 그대로, 운율 그대로 그들이 읽게 해야 한다. 다만 그들의 이해를 돕기 위해 번역하고 해설을 덧붙이는 작업은 필요하다.

위에서 예로 든 번역 시조

Should I die and die again

Should Idie hundred death,

my skeleton turns to dust,
my soul exist or no,

What could change the unswerving loyalty
of this heart toward my lord?

이것을 보고 이것이 시조냐 자유시냐 하고 묻는다면 과연 무엇이라
고 답을 할 것인가? 자유시와 시조의 구분이 된다고 보는가? 시조의 고
유한 특성이 살아 있다고 느끼는가?

줄 바꾸기만 했다고 시조가 되는 것은 아니다. 구(句)와 소절(小節)
절은 어떻게 살려낼 것인지 이것이 가장 큰 번역 상 문제이다.

위에서 예로든 하여가와 단심가를 아래와 같이 표현 한다면 이를 본
외국인은 어떻게 이해를 할 까 생각해 보자. 달랑 번역만 해 놓는 시조
에 비해서 많은 이해와 더불어 시조의 특성을 이해하게 될 것이다.

다음에 예시된 바와 같이 소리 나는 대로 영어로 표기하고 발음기호
를 붙여 주는 것이 매우 합리적이라 생각한다. 그리고 그 의미를 상세
히 설명해 준다면 최선의 방법이 아닐까.

korean aipahbet: 단심가
pronunciation: dan sim ga
phonetic symbol: [dan sim ga]

정 몽 주

jeong mong ju

이 몸이 죽고 죽어 일백 번 고쳐 죽어(3.4,3.4)

I momi jukko jukeo ilbaek beon gocheo jukkeo

[i momi][dʒukodʒugə][ilbækbən][goʧədʒugə]

백골이 진토되어 넋이라도 있건 없건 (3.4,4.4)

baek goli jintodoeyeo neoksirado issgeon yeopgeon

[bækgori][dʒintɔdɛə][nʌksirado] [itgənʌpgən]

임 향한 일편 단심이야 가실줄이 있으랴.(3.6.4.3)

yim hyanghan ilpyeon dansimiya gasiljuli isseurya

[imhjaŋhan] [ilpjʌn][dansimija][gasildʒuri][itsrja]

(Translated by Kevin O`Rourke)

Should I die and die again
Should Idie hundred death,

my skeleton turns to dust,
my soul exist or no,

What could change the unswerving loyalty
of this heart toward my lord?

**understanding and appreciation.

Toward the close of Koryo Dynasty, Jeong Mong-Joo, who set up the image of Lee Sung-Gae`s King had continual belief in protecting Koryo Dynasty. Jeong Mong-oo visited the injured Lee Sung-Gae, as soon as he was aware that he had fallen during a shooting. Lee Bang-Won, son of Lee Sung-Gae gave him hospitality as a mark of his appreciation. Lee also composed the peom "ha yeo ga" to find out his real intention, Jeong Mong-Joo composed "Dan Sim Ga" as the meaning of disarray. Lee Bang-Won realized that he couldn`t change Jeong`s mind, he attacked Jeong at Seon Juk Gyo and murdered him.

다른 예문을 하나 더 보면,

When though life conspire to cheat you
Do not sorrow or complain.
Lie still on the day of pain
and the day of joy will greet you.

－푸쉬킨

삶이 그대를 속인다 할지라도
슬퍼도 말 것이며 탓하지도 말 것이다.
가만히 누워 견디면 즐거운 날 오리니.

위의 시 원문이 시조라고 느껴지지는 않는다. 그러나 시조 형식으로 번역을 했다고 해서 시조가 되는 것은 아니다. 푸쉬킨이 시조를 썼을 만무하다는 것은 너무나도 명확하기 때문이나. 역으로 생각하면 우리 시조를 번역해 놓은 것을 보고 외국인이 한국의 전통시조라고 생각 할 리도 또한 만무하다. 따라서 우리 시조를 세계 각 국으로 수출하는 일은 "Made in Korea"의 오리지널 제품을 파는 것이다.

여기서 언어의 발음을 영어 알파벳으로 표기하는 것도 문제가 된다. 같은 영어 알파벳이라 하더라도 경우에 따라 읽은 방법이 다르기 때문이다.

따라서 <발음기호>로 표시해 주는 것이 가장 무난하리라 본다. 영어 발음 기호는 세계 공통이기 때문이다.

변희리의 잡록부에 수록된 한문 하여가를 인용해 본다.

단심가

此身死了死了 一白番更死了
白骨爲塵土 魂魄有無也
向主一片丹心 寧有改理也歟 (歟여; 어조사)

물론 이는 한역 시이기는 하지만 중국말로 쓴다고 해도 큰 차이는 없으리라 본다.

이처럼 외국말로 번역하여 시조의 아름다운 운율과 형식을 전달한다는 것은 어떤 한계가 있다. 다시 말해 시조의 정체성을 살릴 수 없다는 얘기가 된다. 그러므로 노랫말처럼 시조원문 자체를 수출해야 한다. 이렇게 되면 한글도 자연스럽게 수출된다.

한글은 세계 인류가 창조한 문자 중에 가장 과학적이고 발음에도 가장 가깝게 표현 할 수 있는 최고의 글자임은 누구나 인정하는 사실 아닌가?

그리고 그 나라 말로 번역을 하여 이해하도록 만든다면 가장 완벽한 시조의 세계화가 이루어지는 것이다. 우리가 학교에서 영시(英詩)를 배울 때 한국어로 번역하여 배우지 않고 원문자체로 배우는 이치와 똑같다. 그 첫발은 각국에 나가 있는 한인 학교나 세종학당을 통해 교육의 통로를 마련하는 것이라 본다.

물론 이 같은 일이 하루아침에 되는 일은 아니지만 시조시인은 말 할 것도 없고 정부 차원에서도 적극적인 지원이 있어야 하리라 본다. 그러나 지금까지 주장한 대로 모든 게 해결되는 것은 아니다. 더욱 쉽고 간편한 방법이 무엇일까를 찾아내는 것이 우리 시조시인의 책무일 것이다. 학자와 시인과 정부가 하나가 되어 세계화를 추진 할 때 우리민족만이 가지고 있는 개성 있는 시의 전통성을 인정받음은 물론 우리 선조들이 일궈 낸 문학의 한 장르로서 각광을 받게 되고 유네스코 세계 문화유산으로 등재될 날은 그만큼 가까워진다고 할 수 있겠다.

우리나라에서 처음으로 세계시조대회가 열린 것은 2021. 11월에 인제대학에 실시한 외국인 대상 시조 대회이다. 물론 우리 협회에서 협찬을 하였다.

시조의 세계화는 말만 가지고 되는 일이 아니다. 구성원과 정부가 그 가치를 공유하고 함께 노력할 때에만 현실화 되리라 믿는다.

The 1st INJE INTERNATIONAL SIJO CONTEST

(Hosted by KOREA SIJO ASSOCIATION)

OCT. 9th. 2021 ~ NOV. 8th. 2021

This contest is open to anyone who is interested in writing Sijo in Korean, irrespective of their nationality.
(Sijo poets whose work has already been recognized and published are not eligible.)

The Center for Convergence Culture of INJE UNIVERSITY is holding INJE INTERNATIONAL KOREAN SIJO CONTEST in online, to introduce the excellence of Sijo(which has over 700 years of history) and to wish Sijo to be designated as World Heritage by the UNESCO.

GUIDELINES

Section General(including university student)/ Students(elementary, middle, high-school student)/ Foreigner

Topic

	General/Students	Foreigner
TOPIC	Family/Autumn	Family/Life

Quota 2 Sijo per person

Contestant This contest is open to anyone who is interested in Sijo irrespective of their nationality.

Application Period

OCT. 9th, 2021 ~ NOV. 8th, 2021(Korea Standard Time)

How to Submit
– Download application form from
  http://inje.ac.kr/
  http://library.inje.ac.kr
– Fill out a copy of the application form
– Attach your Sijo
– Required Documents: Application form, Agreement to Provide Personal Information, Sijo)
– Send by E-mail (E-mail address : Sijo@inje.ac.kr)

Announcement of Selection Result

Date
NOV. 23th, 2021
(results will be put on the https://inje.ac.kr, https://library.inje.ac.kr)

Recipients of the prize
33 recipients in total (University president-prize)

Award ceremony
he results will be posted the website (https://inje.ac.kr, https://library.inje.ac.kr) and notified individually

Inquiry
THE CENTER FOR CONVERGENCE CULTURE OF INJE UNIVERSITY
☎ +82, 055, 320, 3617~8

Prize	Generals	Students	Foreigners	Awards
1st	1	1	1	500,000 Won & Certificate
2nd	2	2	2	300,000 Won & Certificate
3rd	3	3	3	100,000 Won & Certificate
Honorable Mention	5	5	5	Certificate

※ There is a possibility of changing the number of prize-winning works or not awarding any prize.
※ Foreigners : Scholarship certificate of Korean training session from INJE KOREAN LANGUAGE&CULTURE CENTER(1 prize : 1st work training course, 2nd prize : 0 week training course)

Hosted by INJE UNIVERSITY & KOREA SIJO ASSOCIATION
Conducted by THE CENTER FOR CONVERGENCE CULTURE
Sponsored by CHEONGSANGNAMDO OFFICE OF EDUCATION & GIMHAE CULTURAL FOUNDATION & KNN & GYEONGNAM-NABIL NEWS & GIMHAE NEWS & GIMHAE SUPPORT CENTER FOR FOREIGN WORKERS

인제대학교 융복합문화센터
INJE UNIVERSITY THE CENTER FOR CONVERGENCE CULTURE

Ⅲ. 영어로 시조 짓는 방법(How to write Sijo)

미국에서 영어로 시조백일장대회를 해마다 열고 있다. 세종문화에서 보내온 영어시조 창작요령을 수록한다.

* 영어시조 창작요령

How to Write Sijo/Mark Peterson

The beauty of sijo is its simplicity. Because is it short and simple, it is fairly easy to write. Three lines, with a regular meter. There is no sentence-ending rhyme, but all kinds of internal rhyming and resonance can be applied.

First, a sijo has to have a message. Above the meter and the structure, there must be a message. A poem without meaning may look like a poem, but if it doesn't mean anything, if it doesn't convey an emotion, then it may as well not be written. First is the message. The poem has to relate a feeling, an experience, an emotion, and it can be serious or humorous or even quirky, whatever that might mean. Maybe irony is a better word. The sijo has to be clever to be a good poem.

Second is the structure. The first element of the structure is the three lines. The first two lines are connected in a natural way, setting up the "story", the message. The third line provides the "punch", the turn, the twist, the resolution.

Next, within the structure in the meter. Four segments to a line. The meter is basically four beats to four segments, but there is, and should are some variation and flexibility. For example, every "four" can be a "three". The beginning line first segment, is quite often a three, but it can be a four. And the third line must begin with a three. And then it must NOT be a three or four, in the second segment, but must be a five beat or six beat or seven beat or eight beat-here is the "punch". Then third and fourth segment of the third line returns to three or four.

The key is to plant a few classic sijo in your brain by memorizing some of the better, more meaningful sijo. My favorite is the Song of Loyalty, by Jeong Mongju, who, in reality, gave up his life for the sake of the loyalty he was writing about. This is a good poem to internalize, not only for learning the structure, but for learning the value of loyalty.

Though I die, and die again; though I die one hundred deaths,

After my bones have turned to dust; whether my should lives on or not,

For my lord, my singularly loyal red heart will never fade away.

—Jeong Mongju

This translation is a good and as bad as any other-no translation, by definition, can ever be perfect, but this one is close. The meter is threes and fours, with the clear three at the start of the third line, then "more-than-five", here it is nine!

The sijo was sung originally. Singing, of course, helps with the meter, counting the meter to match properly. What we need, to compose a sijo in English is a song that "works". One suggestion is the Christmas song, "Silent Night".

Si-ilent night, ho-oly night. All is calm, all is bright.
Round yon virgin, mother and child, holy infant, s'tender and mild.
Slee-eep in, heavenly peace-ece, slee-eep in heavenly peace.

Yes, you need to count the meters in the music-and lengthen the vowel of some of the English words. So, yes, I had to cheat a little, but I hope you get the message. You can test the meter of your sijo by singing "Silent Night" to see if your meter is close to matching.

Let's go back to the big picture again. We need a message. It should be something clever, and of importance at some level. Then we set up the story in the first line and build on that for the second line. Then we offer something different, a twist, a resolution in the third line. So, to write a good sijo, first think of the big picture with three major components, and maybe four or five sub-components. Think of the set-up, and then think of the resolution.

Let's write a sijo about running a marathon or two, and how hard it is to train and train, and then the sad ending is I've blown my knees, knee surgery, and no more marathons. That's the big picture-makes you want to cry that I can't run any more, right?

Marathon. What a goal. To run and run, train and train.

All to reach the unreachable-the goal of running twenty six point two miles

Knee surgery! Now that impossible goal is just a glowing memory.

Should we refine it a little? The second line is too long. The first line has perfect meter. The second line, would be better with "All to reach the unreachable, the running of twenty six point two miles.-Ugh. The last segment has five beats. Maybe, "the goal of twenty six point two miles.

The third line has the three beat start-up, "marathon"-a little dramatic. Then a seven beat summary-"now that impossible goal"-then "is just a glowing"=five beats, and "memory"-three beats. Close enough!

I think the key is the ability to zoom in and out from the big picture, the message, in close to looking at the meter, then back out to look at the overall message, then going in again to fine tune the meter.

And most of all, it should be a joy. If you're not happy playing with the message and the meter, working and reworking it, then you shouldn't do it. But don't give up. Look for the joy. And enjoy the creativity of the game. Enjoy!

IV. 시조 명칭과 형식 통일안

2016년 12. 15일 제정 국회도서관에서 공표된 협회의 <시조 명칭과 형식 통일안>을 수록한다. 6개 시조단체가 6개월에 걸쳐 심도 있는 토론과 사실적 근거를 토대로 마련 한 이 안(案)은 시조시인이면 누구나 가슴에 새겨 실천해야 할 좌우명이다. 시조의 정체성이다.

〈시조 명칭과 형식 통일안〉

1. 명칭
이 장르의 명칭을 시조(時調)라 한다.

2. 종류

시조는 단시조(單時調; 평시조)와 연시조(連時調)로 분류된다.
단, 예외적으로 장시조를 변격시조로 인정한다.

3. 각 단위의 명칭

1) 수(首)와 편(篇)

① 단시조, 장시조의 단위 명칭은 수 또는 편이라고 한다.

② 연시조의 형태는 두 수 이상의 단시조 형태가 모여서 이루어진 것이므로 그 각각을 수라 칭하고 연시조 전체는 편으로 불러서 수와 구분한다.

2) 장(章)

시조는 고시조에 행의 구분이 없이 줄글로 기록되어 있는데 근대화 과정을 거치면서 3행으로 나누어 쓰는 것이 관행으로 되어 왔다.

이 3행을 각각 장이라 하며 1행을 초장(初章), 2행을 중장(中章), 3행을 종장(終章)이라 한다. 그리고 장(章)을 행(行)이라 부르지 않는다.

3) 구(句)

각 장의 하위 단위로서 각 장을 2개의 의미단위로 나눈 것을 구라 하는데, 시조가 초장, 중장, 종장의 3장으로 되어 있으므로 6구가 된다. 각 장의 앞에 것을 전구(내구) 뒤에 것을 후구(외구)라 한다.

4) 소절

구(句)를 다시 나누면 두 개의 소절이 된다. 따라서 초장이 2구 4소절, 중장이 2구 4소절, 종장이 2구 4소절이며 이를 종합하면 시조는 3장 6구 12소절이 된다.

4. 형식

1) 운율

시조는 각 장 3 또는 4음절로 된 소절을 4번 반복하는 리듬(소절율)이다.

2) 구성

시조는 초장, 중장, 종장의 3장으로 되어 있으며 각 장은 다시 내구와 외구로 되어 6구를 이룬다. 각 구는 각각 2개의 소절로 되어 있다. 장별로 보면 1장 2구4소절이며 전체로 보면 3장 6구 12소절로 이루어진다.

3) 글자 수(음절 수)

① 초장 3,4.4.4, 중장 3.4.4.4, 종장 3.5.4.3 총 45자를 기본형으로 한다.

② 종장 첫 소절은 3자 고정, 둘째 소절은 5−7자로 한다.

③ 나머지는 소절 당 2−5자까지 허용한다. 총 음수는 기본형에 2−3자의 가감을 허용한다.

5. 작품의 배행

시조는 3장 6구 12소절로 이루어졌으므로 이에 따라 그 배열 행태는 다양하게 전개 할 수 있다.

그러나 너무 많은 배열 행태는 정형성을 파괴하여 바람직하지 않으므로 3장 6구 12소절 위주로 구성하되 소절을 다시 나누어 전개하는 것은 피한다.

* 통일안을 만드는데 기여한 토론자를 참고 자료로 싣는다.

이사장; 이석규, 사무총장; 채현병

토론자: 원용우 교수; 시조 명칭과 형식

김봉군 교수; 시조명칭과 형식에 관한 쟁점 과제(음수율 음보율)

이석규 교수; 토론 진행

유만근 교수; 시와 시조의 운율 생성과정 특강

이정자 교수; 형식 정립을 위한 과제

신웅순 교수; 시조 분류론

이광녕 교수; 현대시조의 위기론

김윤승 박사; 시조 형식에 대한 연구

김홍열 부이사장; 고시조 분석과 형식(음수 기준)

김홍열

호는 南谷

경기 여주 출생

1997년 자유시 등단, 2003년 시조문학 등단

한국시조협회 회원, 한국문인협회 회원, 국제펜크럽한국본부 회원, (사)한국시조협회> 이사장 역임

현재 (사)한국시조협회 명예이사장

동대문 도서관에서 시조 강의 중

작품집: 시집; <어제는 꽃비가> 외2

시조집; <바람의 노래> 외 8

연구서: <정형의 매력>, <현대시조연구>, <현대시조 창작법>

수상: 허균문학상, 서초문학상. 류주현문학상, (사)한국시조협회문학대상. (사)한국문인협회서울시문학상. (사)국제펜클럽시조문학상

시조(時調)의 정체성(正體性)과 현대시조 창작법

초판 1쇄 인쇄일	2022년 1월 21일
초판 1쇄 발행일	2022년 1월 25일

지은이	김홍열
펴낸이	한선희
편집/디자인	우정민 우민지 김보선
마케팅	정찬용 정구형
영업관리	정진이 최정연
책임편집	우민지
인쇄처	으뜸사
펴낸곳	국학자료원 새미(주)
	등록일 2005 03 15 제25100−2005−000008호
	경기도 고양시 일산동구 중앙로 1261번길 79 하이베라스 405호
	Tel 442−4623 Fax 6499−3082
	www.kookhak.co.kr
	kookhak2001@hanmail.net

ISBN	979-11-6797-035-0 *93800
가격	15,000원